Três Viajantes

Thiago Tizzot

THIAGO TIZZOT

TRÊS VIAJANTES

1ª REIMPRESSÃO

ARTE & LETRA
CURITIBA 2014

Ilustração e capa: Frede Tizzot
Ilustração do mapa: Larissa Costa
Revisão: Vanessa C. Rodrigues

© Arte & Letra 2014
Três Viajantes © Thiago Tizzot 2014

T625t   Tizzot, Thiago
        Três viajantes / Thiago Tizzot. – Curitiba : Arte & Letra, 2014.
        140 p.

        ISBN 978-85-60499-56-4

      1. Literatura brasileira. 2. Ficção brasileira. I. Título.

CDD B869.3

ARTE & LETRA EDITORA
Rua Desembargador Motta, 2011. Centro.
Curitiba - PR - Brasil / CEP: 80420-162
Fone: (41) 3223-5302
www.arteeletra.com.br - contato@arteeletra.com.br

*Para Larissa
e Beatriz*

O que mais incomodava era a falta de luz. Não saber dizer se era dia ou noite, se estava ali há uma dezena de dias ou alguns anos. Essa ignorância doía mais do que as surras, a falta de dormir e a fome. Não saber algo tão ordinário era a verdadeira tortura para Estus.

Um buraco escavado na rocha, grades de metal guardavam a saída e um brutamonte cruel mantinha todos presos. A única vantagem daquela cela úmida era dividi-la com mais três prisioneiros. Um humano, um elfo e um norethang. Apesar de não terem trocado nenhuma palavra desde que chegara, saber da existência de outras pessoas era o que mantinha a mente de Estus afastada da loucura, que o impedia de cair em um precipício escuro para nunca mais voltar. O elfo foi o último, quando Estus foi empurrado para dentro da cela, o humano e o norethang já se encontravam no cativeiro.

O novo prisioneiro caiu de joelhos ao entrar, fazendo um corte na perna esquerda, mas não emitiu nenhum som. Levantou-se e encarou seus companheiros de cela com um olhar firme e determinado. Assim todos chegavam, acreditando que seu talento os tiraria logo dali. Orgulhosos, mesmo aprisionados.

Porém o calabouço da Fortaleza de Perfain é um lugar que tem a peculiar habilidade de quebrar a vontade de seus prisioneiros. Despedaçar suas almas em pequenos pedaços. Tão pequenos que escapam pelos vãos do chão irregular para serem engolidos pela rocha fria e nunca mais encontrados.

Não era preciso que os prisioneiros trocassem palavras para descobrir por que estavam ali. O Senhor de Perfain é implacável contra aqueles que agem contra seus domínios. A Fortaleza não perdoa e jamais esquece.

É impossível determinar quantos anos a Fortaleza de Perfain permanece nos arredores da cidade de Gram. Ao longo de todos estes anos, ninguém sabe dizer quem é o seu Senhor, se é o mesmo desde sempre ou se um novo assume o controle quando o antigo morre. Aos olhos de muitos, Senhor e Fortaleza confundem-se e as paredes de pedra parecem ter vontade própria e são tratadas como o verdadeiro Senhor.

Uma criatura surgiu da escuridão, um humano, mas que há muito perdera qualquer traço da pessoa que foi. Naquele dia era apenas um servo, sem nome, sem vontade, sem alma. Com um pesado barulho destrancou a porta e arrastando os pés entrou na cela. Segurou com firmeza o norethang pelo braço e sem encontrar qualquer resistência arrastou o prisioneiro para fora.

O silêncio pesava sobre os remanescentes, como se as rochas do teto pressionassem seus ombros. Apesar de não conhecerem o pobre coitado, era como se o norethang fosse um amigo antigo, um companheiro que dividia seu destino com eles. Porque ali, na cela escura e úmida, o mundo simplificava-se e era fácil entender o que acontecia. Eram eles, os quatro prisioneiros, contra o resto. E eles tinham acabado de perder alguém. Pois não existiam dúvidas que aquela era a última vez que veriam o norethang.

— Dizem que os prisioneiros se tornam seus servos — a voz de Estus soou frágil devido ao longo período sem uso.

— Também ouvi esta história, Estus — disse o elfo. — Ainda bem que alguém começou a falar, não aguentava mais o silêncio.

— É uma possibilidade, Estus, mas do senhor de Perfain podemos esperar um castigo maior — o humano tinha o olhar perdido na escuridão.

— Talvez a escuridão e a fome impeçam minha memória de reconhecer seus rostos — Estus tentou disfarçar seu desconforto.

— Lisael — disse o elfo. — É um prazer conhecê-los.

— Chamam-me de Rusc — os outros prisioneiros não souberam dizer se aquele era o verdadeiro nome do humano.

Estus tentou identificar quem eram seus companheiros que o conheciam tão bem. O humano, que dizia se chamar Rusc, trazia nas mãos as marcas inconfundíveis de um alquimista, porém seus traços eram desconhecidos. E apesar da pouca luz, os olhos do elfo tinham o brilho de quem estuda as artes arcanas. Um detalhe pequeno, mas suficiente para um mago reconhecer outro.

— Agora que nos conhecemos — Estus levantou — creio que é o momento de pensarmos em como escapar deste lugar maldito.

****

Os três prisioneiros se espalhavam pela cela, jogados como sacos de grãos sobre a pedra úmida e escura. Os corpos esgotados demais para que pudessem se mexer e as mentes a um passo do desespero. O norethang nunca mais retornou, nem o carcereiro voltou para trazer comida, água ou a sua figura ameaçadora. Naquele momento até mesmo sua carranca seria bem-vinda, pelo menos era algo novo. Algo para distraí-los.

Não conseguiam saber quantos dias estavam ali, no silêncio do cárcere. Sem luz, comida ou esperança. Mas, de repente, algo arranhou seus ouvidos, deslizou para dentro de suas mentes e reverberou por seus cérebros. Passos. Ritmados.

A porta rangendo se abriu, desafiando os prisioneiros a tentar alguma coisa. Um homem de ombros largos e braços longos entrou. Tinha o rosto desfigurado por inúmeras cicatrizes e a pele esticada, porém ao mesmo tempo solta e enrugada. Como se alguém a tivesse puxado e tirado do lugar. A pele não combinava com o esqueleto por baixo dela. Não se preocupou em fechar a porta, no estado que se encontravam, aqueles miseráveis não lhe causariam problemas.

Lisael estava deitado, os olhos incomodados pela luz claudicante do lampião que o carcereiro portava. Com as mãos magras, esqueléticas pela falta de comida, tentou proteger o rosto. Rusc, mesmo sob as condições extremas que o cativeiro tinha lhe imposto, parecia manter o corpanzil em bom estado. Estus permanecia deitado com o rosto voltado para o chão e mais se parecia com um monte de trapos velhos do que com um homem. Quando a criatura entrou na cela seus olhos se voltaram ávidos por um confronto, mesmo que fisicamente tal coisa fosse impossível.

O carcereiro poderia escolher qualquer um, mas

a fragilidade do elfo foi decisiva. Começou a caminhar na direção de sua vítima quando um riso surpreendeu todos. Era Estus.

O brutamonte também riu, não de forma espalhafatosa como Estus, mas contida, silenciosa, porém com profundo contentamento. Se existia algo que lhe dava prazer era esmurrar os prisioneiros. Não que precisasse de razão para fazê-lo, pelo contrário, era encorajado a bater sempre. Mas por algum motivo desconhecido, talvez um jogo de sua mente distorcida, quando os pobres coitados lhe davam um motivo, uma razão genuína, era muito mais prazeroso.

Estava tão concentrado em como seria divertido esmurrar aquele saco de ossos que um dia tinha sido uma pessoa, que não percebeu o ataque. A pedra acertou sua têmpora, com uma precisão inesperada. Sentiu uma dor terrível no ouvido, pôde sentir os joelhos batendo contra o chão e depois mais nada. Não sentiu quando inúmeros pedaços de seu crânio penetraram seu cérebro ou quando Rusc atingiu sua cabeça uma segunda vez com uma enorme pedra.

****

O calor da fornalha abraçava seus corpos como uma amante nova. O vento uivava pelas frestas das paredes de madeira e o os três prisioneiros sorriam, brindando com vinho o êxito de sua fuga.

— Importam se eu fumar? — Estus segurava um longo cachimbo de madeira escura, cortesia do homem que se juntava a eles naquela noite.

O anfitrião, um ferreiro da região e conhecido de Rusc, também mostrou seu cachimbo e sorriu. Com um movimento rápido Estus puxou um pequeno pedaço de carvalho, estalou os dedos e a madeira pegou fogo. Logo a fumaça dançava no vento da noite.

Foram três dias de caminhada da fortaleza de Perfain até a casa de Mahdad. Rusc disse que o sujeito era gente honesta e de confiança. Como não existia nenhuma outra opção, já que Estus e Lisael eram pouco familiarizados com aquela parte do mundo, seguiram para lá.

Mahdad os recebeu com um sorriso e abraçou Rusc. O ferreiro vivia em uma casa simples e no seu quintal havia uma segunda construção, equipada com uma fornalha onde Mahdad realizava seu trabalho. Também conheceram sua filha Nahovi[1] e sua esposa Prinkath, uma humana de cabelos negros e olhos ovalados. Tratava-se de uma família feliz. Pareciam ser pessoas de boa índole e tudo indicava

---

[1] Para saber mais sobre Nahovi leia o conto "A vingança é para todos".

que os três prisioneiros tinham feito uma boa escolha em procurar abrigo na casa de Mahdad.

Talvez Rusc conseguisse enganar Lisael, mas para os olhos atentos de Estus era clara a verdadeira ocupação de Mahdad. Mercenário. A forma de segurar o cachimbo, a saudação, as botas gastas. O olhar. Para quem sabia ler os sinais, o anfitrião não era nada discreto. Por enquanto não importava o que o humano de olhar sereno fazia para viver, mas o fato de Rusc não ter lhe dito a verdade fazia da noite não tão agradável como deveria.

— Tenho um fumo lá do Sul — Mahdad ofereceu uma pequena bolsa de couro para Estus. — É muito suave para meu gosto, se quiser pode ficar com ele.

— Obrigado.

Estus pegou a bolsa e colocou perto do nariz. O aroma de frutas silvestres era inconfundível. Ele conhecia bem aquele fumo, cultivado por fazendeiros que viviam perto da floresta de Froolik, bem ao sul de Breasal. Um fumo raro e que poderia ser vendido por uma boa quantia no lugar certo. O mago ficou intrigado com Mahdad. Seus movimentos eram de mercenário, mas suas atitudes eram de um sujeito de bom coração, generoso. Diferente da ambição desenfreada daqueles que vendem suas armas por ouro. Estus guardou o presente em um de seus bolsos e assentiu mais uma vez em gratidão.

— O que pretendem fazer agora? — O cachimbo de Mahdad era marcado por suas viagens, arranhado e lascado em vários pontos.

— Primeiro uma boa noite de sono — Rusc mantinha o rosto inexpressivo — num lugar quente e seco. Eu ainda estou com a umidade de Perfain em minha alma.

Uma menina entrou pela porta. Pele bronzeada e os olhos de um violeta raro.

— Nahovi! — Mahdad levantou-se rapidamente. — Papai está ocupado, já pedi para não vir aqui quando estou com visitas.

— Desculpa, papai — a menina arrastava os pés — mas estou indo dormir e queria saber se você pode me contar uma história.

O anfitrião deu um sorriso puro, profundo e sincero.

— Senhores, não tenho como recusar — pousou a mão nos cabelos da filha e a conduziu para fora. — Vamos, filha. Boa noite, senhores. Minha casa é de vocês, fiquem à vontade.

Pai e filha fecharam a porta deixando os três fugitivos sozinhos.

— Não se preocupem, Mahdad nos deixou ficar aqui esta noite — Rusc pegou a garrafa e serviu-se de vinho. — Mas por causa da menina não permitirá outra noite. Ele é de confiança, mas também é muito receoso. Acredita que visitas por tempo demais trazem problemas.

— E trazemos? — Lisael passou a mão pelo queixo, a barba por fazer.

— É possível — Estus abanou a fumaça para longe. — Certamente o Senhor de Perfain vai descobrir nossa fuga. Mas talvez tenha outras preocupações antes de nos perseguir. Afinal, venceu, nos pegou antes que pudéssemos fazer alguma coisa. A derrota é nossa. Sem dúvida ele virá buscar sua vingança, talvez não agora, mas ainda teremos notícias da Fortaleza.

— Não venceu a todos — Rusc tirou de seu bolso um papel amarelado. — Consegui sair com uma lembrança.

Estus e Lisael aproximaram-se enquanto Rusc desdobrava o papel amassado. Era a página de um livro e pelo estado de uma das bordas, tinha sido arrancada às pressas do tomo que a guardava.

— O que é isso? — Sem pensar Lisael levou suas mãos em direção ao papel.

Um movimento sutil de Rusc afastou a página.

— Um livro sobre a feitura de bolsas de couro. Acho que o Senhor de Perfain não vai se preocupar muito com isso — Estus bateu no ombro de Lisael. — Pode ficar tranquilo, acho que estamos salvos.

Rusc aproximou o papel da fornalha. O calor fez novas letras surgirem.

— Por Olwein! — Estus coçou a cabeça — É um texto que fala sobre os oráculos.

— Não pode ser — murmurou Lisael.

Com movimentos rápidos dos dedos, Rusc dobrou o papel e o guardou em seu bolso.

— Onde conseguiu isso, Rusc?

— Isto, Estus, foi uma pequena lembrança de minha breve, porém proveitosa, estadia na biblioteca de Perfain.

— Onde está o livro? — Estus estava de pé.

— Nunca soube que a existência dos Oráculos tinha sido documentada — Lisael ainda olhava para os dedos de Rusc — pelo menos não no papel. Sempre soube de relatos orais.

— Eu também, pelo menos até algum tempo atrás — Rusc se recostou em sua cadeira.

— Onde está o livro? — o tom da pergunta não foi tão diferente do que da primeira vez. Calmo. Porém agora alguma coisa fez com que os outros dois olhassem para Estus.

— Em Perfain.

— Temos de voltar.

— Para Perfain? — Lisael agitou-se na banqueta de madeira. — Você está louco? Ainda não sei como conseguimos escapar de lá. Mas não quero apostar minha vida que conseguiríamos uma segunda vez.

— Lisael está certo, não podemos arriscar outra

visita à Fortaleza, pelo menos não tão cedo. — Rusc sorriu — Contudo, existe outra possibilidade.

— Se você disser Nafgun[2] me levanto e vou embora por mais curioso que eu esteja.

— Acalme-se, Estus, claro que não vou arriscar minha vida com aqueles monges safados.

— Antes de falarmos sobre as possibilidades que este pequeno pedaço de papel abre — Lisael bebeu todo o vinho de seu copo — vamos falar sobre a verdadeira ameaça que enfrentamos.

Estus e Rusc esperaram um momento em silêncio. O vento agora agitava as folhas das árvores, o barulho lembrava um mar de águas revoltas quebrando contra uma parede de rochas. Estus novamente deu atenção a seu cachimbo e o cheiro de tabaco fez-se bailar pela oficina de Mahdad.

— Concordo com Estus, se não estivesse com a página, não teríamos com o que nos preocupar — encheu o copo com vinho e bebeu um lento gole. — Mas como possuímos algo que imagino Perfain tenha carinho, arrisco dizer que enfrentamos uma grande ameaça.

O elfo olhou assustado para Estus.

— O que ele quer dizer, é que o Senhor de Perfain vai nos caçar como um cachorro faminto

---

[2] Para saber sobre o mosteiro de Nafgun leia o conto "Qenari" no livro *A ira dos dragões e outros contos*.

atrás de seu osso. E se nos encontrar... bem, espero que isso não aconteça.

— E o que podemos fazer?

— Existe uma coisa que pode parar nosso inimigo — Rusc parecia se divertir com tudo aquilo. — Se nos mostrarmos úteis de alguma forma a Perfain, ele nos poupará.

— Em teoria, não existem relatos de que tal tática funcione — Estus sentou-se. — E, se funcionar, seremos escravos de Perfain, sempre tendo de servir a fortaleza para garantir nossas vidas.

— Podemos derrotá-lo?

— Dificilmente, Lisael, o Senhor de Perfain é um inimigo poderoso e cauteloso. Quando se vê ameaçado, permanece em seus domínios, esperando o momento certo para atacar.

— Então, não precisamos derrotá-lo, basta que o ameacemos o suficiente para que fique em Perfain e nos esqueça.

Rusc apontou para Lisael enquanto olhava para Estus, indicando ali uma boa ideia, e assentiu positivamente.

— Creio que os servos de Perfain não seriam uma verdadeira ameaça, nos dariam trabalho, mas só isso. Poderíamos lidar com eles. Agora, se o próprio Senhor de Perfain viesse atrás de nós, somente com muita sorte escaparíamos — Estus esvaziou o fornilho do cachimbo na fogueira. — Estou cansado e gostaria de uma boa noite de sono. Creio que estes assuntos podem esperar a manhã. Mesmo com o roubo de Rusc, o Senhor de Perfain vai ponderar por alguns dias antes de enviar seus servos atrás de nós.

Estus se levantou e com passos lentos foi até onde uma cama tinha sido improvisada.

****

Acordaram com o sol batendo em seus rostos, o farfalhar da grama alta soava em seus ouvidos. Era uma bela manhã. No horizonte podiam ver a Cordilheira das Vertigens. Lisael estava diante de uma fogueira, um bule de lata sobre as chamas. O objeto tinha um amassado na lateral, resultado de um encontro recente que os três viajantes tiveram com um bando de servos de Perfain. Os lacaios foram derrotados rapidamente, mas o dano ao bule foi lamentado por todos.

O vapor indicava que a água fervia. Estus colocou as folhas nas canecas e Lisael as encheu com o líquido fumegante. Em instantes, um aroma que lembrava a chuva foi levado pelo vento. Os três companheiros sentaram na grama e beberam o chá sem pressa. Estavam nas margens do rio Ymired, dentro do reino dos Gnomos, o sol refletia seus raios nas águas calmas e límpidas. Mesmo a certa distância, podiam ver o fundo do rio com suas pedras arredondadas e opacas. Uma travessia fácil, nada mais do que molhar os calçados e um pouco das vestimentas. Cruzar os domínios do povo gnomo era sempre agradável, extensas planícies cobertas por uma grama verde e bosques com muitas árvores frutíferas. Era como passear por um grande jardim.

— Por que Gwash? — Lisael tirou uma maçã de sua mochila.

— Porque os grandes estudiosos estão lá — Rusc sempre era de poucas palavras pela manhã.

— Deveríamos seguir para Rivre ou mesmo Krassen — o elfo deu a primeira mordida na fruta.

— Rivre tem muitos olhos e ouvidos ávidos para descobrir assuntos que não lhes pertencem, temos algo grandioso em mãos e se a notícia chegasse às pessoas erradas, teríamos mais problemas. Confesso que a Biblioteca de Krassen é onde eu gostaria de estar. Tenho certeza que Taqiy nos receberia tremendamente bem e encontraríamos ajuda por lá. Porém, precisamos do conhecimento de um alquimista e Gwash tem os melhores.

A caneca de Rusc parou no ar e suas sobrancelhas arquearam.

— Sim, também percebi a oxidação do papel — Estus sorriu diante da surpresa do outro. — Nada de magia ou feitiço. Algum tipo de alquimia foi usado para ocultar o texto e parecer que a página continha um assunto sem importância.

— E isto nos leva a uma questão mais interessante — Rusc bebeu o chá. — Se o trecho estava oculto sobre o outro texto, então talvez, e isto é teoria minha que precisa ser comprovada, os outros trechos não estejam no mesmo livro. Pode ser que estejamos diante de um jogo cujas peças foram espalhadas em livros por toda a Breasal.

— Se for assim, não teremos como reunir todas as peças e conhecer o texto na íntegra. São muitas opções. Livros são perdidos, queimados. É uma tarefa impossível de se realizar.

— Creio, caro Lisael, que a intenção era esta.

— E isto nos leva a outra questão — inconscientemente Estus buscou por seu cachimbo. Sempre que sua mente começava a vagar e ideias surgiam, o mago gostava de sentir a madeira de seu cachimbo entre os dedos e o sabor amargo do tabaco na boca. — Por que alguém teria tanto trabalho para esconder um texto sobre os Oráculos?

— Descobriremos a razão — Rusc deu de ombros — mas por enquanto não é importante. Se não tivermos o texto completo, nada poderemos fazer ou deduzir. Tudo que teremos é um pequeno enigma alquímico.

— Tenho um amigo que mora em Gwash — Lisael deu a última mordida em sua maçã — e, por coincidência, é alquimista. Poderíamos conversar com ele.

— Coincidências não existem — Estus acendeu seu cachimbo e se afastou.

****

O vendedor estava sentado atrás do balcão, a barba bem aparada e o cabelo preto um pouco ralo no cocuruto. Os dentes amarelados pelo uso contínuo do cachimbo, uma peça de madeira entalhada e enfeitada com dois brilhantes. A caneca de café estava vazia. O gnomo mexeu os olhos quando a sineta de cobre da porta soou e um ranger anunciou que alguém entrava. Estus apareceu e acenou com a mão.

— Bom dia, Medlick, como vão os negócios?

— Ora, ora, ora, se não é o famoso Estus — o gnomo discretamente ocultou algo que estava sobre o balcão.

— Famoso? — Estus tentou, mas não conseguiu ver o que o vendedor escondeu.

— Sim, você e seus amigos — Medlick fez uma careta — os Basiliscos, não? É esse o nome que estão usando.

Um movimento de dedos e a lasca de carvalho

se acendeu. Com cuidado Estus colocou a chama no fornilho e logo sentiu o gosto do tabaco. Com um movimento de cabeça respondeu ao vendedor.

— Deveriam pensar em mudar, talvez outro nome seja mais adequado — abanou a mão no ar.

— De qualquer forma, o pequeno espetáculo que fizeram lá no Sul ainda é o assunto mais comentado por aqui e pelas caravanas. Se queriam atenção, parece que conseguiram.

— Nunca foi nossa intenção.

Medlick se referia aos eventos acontecidos na cidade de Abies, no extremo sul de Breasal. Os Basiliscos eram um grupo de aventureiros — Kólon, Varr, Krule, Wahori, Ligen e Estus — que aos poucos se formava. Ultimamente eles foram vistos juntos, lutando e se defendendo em vários locais de Breasal e logo começaram a dizer que era um grupo de aventureiros. O nome Basiliscos era recente.

Abies é uma das cidades mais importantes do Sul do mundo, seu porto recebe navios de todos os locais e está sempre movimentado. Qualquer local em que o ouro troque de mãos com facilidade atrai um grande número de pessoas e problemas. Por lá estavam Estus, Kólon, Wahori e Varr.

Também estava a Água Negra, uma organização que surgiu durante uma das inúmeras guerras entre os reinos humanos do Sul e do Norte. Aos poucos foi se estabelecendo ao longo das cidades humanas e ganhando poder. Era bem-vista pela população, porém alguns contestavam seu verdadeiro propósito.

Depois de muito tempo atuando nos reinos humanos, a Água Negra decidiu que era o momento de arriscar uma tentativa no Sul. Escolheu Abies por sua prosperidade. A riqueza dos portos da cidade era algo que atraía a organização, que precisaria investir um bocado se desejasse expandir seus domínios. Um pequeno grupo de agentes da Água Negra começou a atuar na região e obteve resultados animadores.

Porém, um dos agentes, um humano de rosto delicado e gestos corteses, gostava de passar pelas tavernas cortejando as atendentes e moças que se arriscavam em frequentar tais estabelecimentos. Em uma dessas noites, o agente decidiu que seria interessante usar um dos beberrões locais para impressionar uma garota que tinha demonstrado ser extremamente resistente a seus encantos.

Por coincidência, azar ou alguma outra razão desconhecida, o agente pensou que Wahori seria uma boa opção. O goryc, um sujeito grande, de modos espalhafatosos, daria uma boa vitória e a garota seria sua. O combate foi rápido e o agente derrotado de forma humilhante. O que se seguiu foi uma disputa feroz entre a Água Negra e os Basiliscos. O que impressionou a todos é que desde aquele dia, sempre que a Água Negra tentava alguma coisa, os Basiliscos estavam lá para atrapalhar seus planos. Foram tantas iniciativas frustradas que não restou opção para a organização a não ser voltar para o Norte.

Há muito tempo Breasal não presenciava uma disputa desta maneira. Sem derramamento de sangue, sem lutas, um jogo de inteligência e perspicácia. A população de Abies nunca soube o que tinha se passado, tamanha foi a discrição dos Basiliscos. Porém a derrota da Água Negra foi retumbante.

— Em que posso lhe ajudar?

— Estou com um fumo aqui que talvez lhe interesse — Estus pegou o saquinho que Mahdad havia lhe dado.

O gnomo segurou o objeto e olhou desconfiado para o mago. Com movimentos lentos abriu o saquinho e cheirou. Fechou os olhos por um instante.

— Barbaridade — murmurou.

Rapidamente Medlick pegou outro cachimbo em uma gaveta do balcão e com destreza socou um punhado de fumo no fornilho. Estus imediatamente retirou o saquinho das mãos do gnomo e guardou no bolso. Uma fumaça densa invadiu a loja e os dois fumaram em silêncio.

— Sem dúvida é produto de grande qualidade — o vendedor apontou a fumaça — levemente azulada. Da região de Froolik, sem dúvida.

O mago concordou com um aceno.

— Antigo — inspirou e soltou a fumaça — mas tem alguma coisa. Alguma coisa diferente, fora de lugar.

Medlick inspirou e ficou sem respirar por um instante, depois soltou a fumaça azulada pelo nariz.

— O que é? — Estus involuntariamente se aproximou.

— Não sei, precisaria ter mais tempo para examinar o fumo com calma — o gnomo sorriu.

O mago lançou um sorriso cortês ao vendedor.

— Voltaremos a falar sobre este assunto.

— Estou às ordens — respondeu Medlick.

— Me veja um punhado de wokhan — disse Estus referindo-se ao fumo que vinha desta região do reino anão.

— Duas peças.

O mago entregou o dinheiro ao vendedor que lhe passou o fumo embalado em papel e com um lacre que indicava sua origem.

****

Uma mercearia. Queijos pendurados, peixe em barris de madeira e azeites em garrafas arredondadas arrumados em longas fileiras pela parede. Estus, Rusc e Lisael não ficaram impressionados. Para muitos, o fato de um dos melhores alquimistas de Breasal ter uma mercearia seria motivo de espanto, porém os três viajantes conheciam há muito tempo aquela história. Todos já tinham estado ali antes em busca dos serviços de Meiev. E todos já tinham se surpreendido com o local.

Meiev estava sentado atrás do balcão, tinha uma expressão simpática, daquelas que bons vendedores têm. Mesmo se você não precisasse de alguma coisa você faria uma pergunta, pegaria um item na mão e avaliaria com mais calma. E quando estivesse na calçada, fora da loja, olharia para o que acabou de comprar e se perguntaria se de fato precisava daquilo.

E não se tratava de um disfarce, Meiev de fato era um vendedor, seus azeites eram também muito famosos e reis de toda Breasal mandavam emissários buscar as preciosas garrafas arredondadas para usar em suas cozinhas. Mas por baixo da expressão simpática, para quem se dispusesse a ver, estava um alquimista em sua essência. Uma mente curiosa e de um raciocínio espantoso. Meiev tinha ainda outra característica, uma que era importante saber se você fosse fazer negócios com ele: o gnomo era implacável. Se você fosse justo e correto, ganharia um colega e companheiro. Contudo, uma traição lhe renderia um inimigo para toda a vida. E ninguém quer ter um alquimista como inimigo.

— Três viajantes entram em minha loja, dois magos e um colega alquimista — o gnomo enrolou a ponta do bigode com os dedos. — Creio que teremos algo especial para esta tarde.

— Olá, Meiev — Lisael adiantou-se e estendeu a mão.

— É bom vê-lo, meu amigo — o merceeiro aceitou a saudação — Estus, Rusc também é agradável vê-los aqui.

Os dois humanos sorriram e cumprimentaram Meiev. Logo depois o gnomo passou por eles com passos apressados e fechou a porta da loja. Virou uma diminuta tabuleta que avisava os clientes que a mercearia estaria fechada para o almoço. Voltou para o balcão e mexeu em alguma coisa que os magos não conseguiram ver.

Um rangido anunciou que a estante de madeira começava a se movimentar. As garrafas arredondadas batiam levemente uma nas outras fazendo uma pequena música que enchia a loja. Lentamente a estante foi dando lugar a uma passagem na parede.

O corredor que apareceu na mercearia era iluminado por tochas e indicava uma escada que descia para outro cômodo.

— Senhores, — o gnomo convidou com um gesto — vamos para um local mais adequado?

Desceram pela escada de degraus gastos pelos

inúmeros pés que passaram por ali antes dos três viajantes. Percorreram um breve corredor feito de pedras lisas e encaixadas com precisão espantosa até uma porta de madeira sem trinco. Meiev sempre sorrindo se aproximou da porta.

— Às vezes a magia pode ser substituída por um simples objeto — o gnomo pegou um pequeno pedaço de cobre e o encostou em um determinado local da porta.

Do interior da madeira surgiram sons metálicos de cadeados e mecanismos se abrindo. Aos poucos foram cessando até que restou o silêncio e uma porta aberta. Um pequeno teatro que Meiev gostava de encenar, valorizando seu ofício diante dos visitantes que ele julgava interessantes ou influentes. O mecanismo de defesa da porta foi construído para reagir a uma determinada combinação de cobre e ferro. Somente Meiev sabia a quantidade necessária de cada ingrediente, a temperatura a que a peça deveria ser forjada e o local exato que ela deveria ser tocada para que as armadilhas e defesas da porta se anulassem. Aquele pedaço de cobre e ferro que o gnomo agora guardava em seu bolso estava longe de ser um objeto comum.

Ele também sabia que seu teatro não enganaria nenhum dos três, contudo o fazia porque acreditava que sempre era bom lembrar o poder da alquimia.

— Entrem, entrem — disse com alegria.

Os visitantes passaram pela porta e logo foram recebidos por um aroma azedo. Em cima de uma longa mesa de madeira estava um recipiente de vidro cheio de um líquido translúcido. Um pequeno fogareiro mantinha uma chama azulada constante sobre o vidro. O gnomo olhou o líquido por um instante e depois o cheirou. Com um gesto indicou para seguirem em frente.

Estantes repletas de livros, os mais diversos tipos de ingredientes, peças de vidro e bugigangas. Estus parou por um instante para admirar a lombada de um livro.

— Histórias para assustar os pequenos — disse Medeiev sem se virar para ver qual era o livro.

— Não estava da última vez que estive aqui — Estus fez menção de pegar o volume.

— É verdade. Deu-me muito trabalho consegui-lo. Apreciaria se por enquanto ele permanecesse um pouco mais em minha estante — o gnomo seguiu sem se virar.

Tudo que Estus pôde fazer foi deixar o livro onde estava e seguir em frente. Percebeu que existiam mais dois livros novos desde sua última visita a Meiev. E para os padrões do alquimista, era muita coisa. Fazia muito tempo que Estus não passava por ali e o gnomo era extremamente cuidadoso na escolha dos títulos que entravam em sua biblioteca. Estus reparou ainda que a maioria dos livros reuniam histórias para crianças, lendas e dizeres populares. Nada dos chamados clássicos, que toda a biblioteca deve ter.

Chegaram a uma pequena sala, onde uma lareira estava acesa rodeada por quatro cadeiras e uma poltrona. Na parede, uma pequena adega e um armário com copos. Uma mesa baixa de pedra clara ficava no centro.

O gnomo foi até a adega escolher um vinho enquanto Lisael seguiu para o armário, pegou copos e os colocou sobre a mesa. Estus e Rusc se sentaram e logo receberam seu vinho. Eram belos copos, trabalhados e com uma leve coloração esverdeada.

— Creio que podemos começar — o gnomo sentou na poltrona.

— Bem a razão de nossa visita é... — começou o elfo.

— Espere só um pouquinho, Lisael, gostaria de fazer uma pergunta para Meiev antes de falarmos sobre o que nos trouxe aqui. — Estus sorriu — Por que os livros infantis?

O alquimista bebeu um rápido gole de vinho e balançou a cabeça.

— Muito bem, Estus, vejo que tem um olho bom — passou os dedos pelos cabelos brancos — bom, muito bom — bebeu mais um gole de vinho.

Meiev encarou o fogo, por um instante ponderou se deveria falar as próximas palavras ou não.

— Bem, creio que é o momento de passar adiante, vocês ainda têm um longo caminho a percorrer na vida e talvez sejam as pessoas certas — bebeu o último gole do copo. — De onde vocês acham que vêm os livros?

Os três viajantes se olharam, estavam acostumados a conhecer as respostas ou saber onde procurar por elas. A simplicidade da pergunta os deixou sem reação.

— Creio que são escritos por seus autores e depois reproduzidos e espalhados pelo mundo — arriscou Lisael.

— Não é uma má resposta, porém existem dois detalhes muito importantes. Quem reproduz? E quem faz os livros reproduzidos circularem?

— Copistas reproduzem e vendedores ou os próprios copistas vendem os livros. Muitos deles estão disponíveis em bibliotecas, igrejas e outros tipos de prédios, digamos, públicos — prosseguiu o elfo.

— Precisamente — o gnomo pensou que seria o suficiente, mas diante do silêncio, prosseguiu. — As únicas pessoas que têm acesso ao texto original são os copistas. Por isso...

— Quem nos garante que o que lemos é realmente o que o autor escreveu? — interrompeu Rusc. — Os copistas podem muito bem colocar o que bem entenderem nas páginas. Os copistas têm o controle do que é passado adiante.

— Não os copistas — Estus colocou a mão no bolso e sentiu a madeira de seu cachimbo, porém lembrou que o alquimista não permitia o fumo em sua oficina. — Quem controla os copistas.

Meiev sorriu satisfeito em ter tomado a decisão certa ao contar o que sabia aos três viajantes. Talvez eles pudessem seguir mais além por esse perigoso caminho.

Por anos e mais anos Meiev tentou descobrir quem controlava os copistas. Por duas vezes chegou perto e por duas vezes quase perdeu a vida. Sua posição de destaque lhe garantia proteção, porém quando se está lutando contra um inimigo desconhecido, nada é certo. O gnomo estava cansado, velho demais para continuar, contudo sabia que era seu dever passar a tarefa adiante. Descobrir alguém que pudesse terminar o que ele começara. Era necessário revelar quem estava manipulando a informação que circulava pelo mundo e fazer com que todos tivessem acesso ao verdadeiro conhecimento. O ciclo precisava acabar, a informação deve ser de todos e não de um pequeno grupo que brinca com ela como deseja, reescrevendo o destino de Breasal para benefício próprio.

Quando viu Lisael, Estus e Rusc juntos percebeu que uma boa oportunidade surgia à sua porta. Conhecia Lisael há muito tempo, um mago respeitado e estudioso. Estus também era muito respeitado e esta sua nova condição, o grupo de aventureiros chamado Basiliscos, fazia dele uma boa aposta para o futuro. E Rusc era uma grande incógnita, o que de certa forma trazia uma instabilidade interessante para o grupo.

— Porém a pergunta permanece — sorriu Estus.
— Por que os livros infantis?

— Não são infantis, são histórias contadas para as crianças. Aventuras que aprendemos com nossos avós e pais e que contaremos para nossos filhos.

— E qual a diferença? — Rusc escutava com atenção.

— Os contos que narramos para as crianças são antigos, conhecidos de todos. Um copista até poderia tentar fazer a sua versão, mas essas histórias são tão familiares que é impossível alterá-las. Qualquer mudança incisiva e a história ganharia outro nome e não substituiria a verdadeira — o gnomo se serviu de vinho. — São histórias antigas, passadas de geração em geração não pela escrita, mas sim pela fala. Imutáveis. Fonte do verdadeiro conhecimento.

Os viajantes se olharam por um breve momento. De repente o motivo de sua viagem ganhou uma importância muito maior do que pensavam e mesmo sem se falarem os três tiveram certeza que não era uma coincidência que os tinha levado até ali. Eles estavam destinados e conversar com Meiev.

— O que podemos fazer? — Estus resistia ao impulso de pegar o cachimbo.

— Duas coisas — o alquimista sorriu. — A primeira, e mais complicada, é descobrir quem está por trás da ocultação e alteração da informação e derrotá-lo. A outra é mais simples, porém perigosa. Venham comigo.

O gnomo os levou até um dos cantos da sala onde estava um objeto grande, parecia um armário, coberto por um pano puído e com manchas escuras. Sem hesitar ele puxou o pano revelando uma máquina, feita de ferro, com inúmeras engrenagens.

— O que ela faz?

— Isto, Lisael, é uma prensa — o gnomo colocou um papel sobre uma placa de metal da máquina e puxou uma alavanca.

Uma série de engrenagens movimentou-se, de início lentamente e depois cada vez com mais velocidade até que um estrondo fez tudo parar. Alguma coisa bateu sobre o papel na placa de metal. O gnomo pegou e mostrou aos magos. O que antes estava em branco, agora continha um texto.

— E com ela é possível trabalhar muito mais rápido que os copistas e espalhar um número suficiente de livros antes que consigam nos parar — Meiev segurava com orgulho a folha.

— É impressionante — Estus aproximou-se e pressionou uma das engrenagens.

— Mas creio que vocês têm outro assunto para tratar comigo. — Meiev cobriu a prensa — Continuaremos a falar sobre isso em outro dia.

— Ah, sim — Lisael piscou — temos algo para perguntar.

O gnomo os conduziu novamente para as cadeiras e o calor da lareira.

— De certa forma está ligado ao que acabamos de conversar — disse Rusc. — Gostaríamos que nos falasse sobre isso.

Ele pegou em seu bolso a folha de papel e entregou para o alquimista.

— Por Olwein! — Meiev aproximou o papel do nariz e pegou uma lupa em seu bolso. — Sim, muito interessante.

Sem tirar os olhos da folha levantou-se e caminhou até sua mesa. Procurou por um pequeno frasco com um líquido amarelado e pingou sobre o papel.

O líquido a princípio amarelo ganhou tons de vermelho vivo.

— Interessante — murmurou o gnomo.

— O que foi? — Estus lutava contra a vontade de fumar.

Meiev sorriu, deixou a lupa e o papel sobre a mesa

e voltou a sentar em sua poltrona. Entrelaçou os dedos sobre a barriga.

— Tenho uma grande amizade por Lisael, um amigo que respeito e que me ajudou em tempos passados. Admiro Estus pelo conhecimento que tem, mesmo ainda sendo jovem. E Rusc, confesso que tenho curiosidade em saber o que você vai fazer — deu um rápido gole. — Por isso, e também pelo assunto que conversamos antes, é que vou continuar nossa conversa. O que vocês me trouxeram é algo que eu não discutiria por proposta nenhuma. Nenhuma riqueza me faria continuar.

Os viajantes se olharam, um pouco assustados, mas extremamente curiosos.

— O que temos diante de nós é uma alquimia muito antiga — o gnomo parou um instante. — Ouso afirmar que é um dos grandes segredos da alquimia. Compreendam, cada alquimista tem uma fórmula que com o passar dos anos se transforma em sua assinatura. Algo único, que só o próprio alquimista pode reproduzir, e feita de maneira a não deixar vestígios. Assim, é impossível que outros descubram a fórmula e possam reproduzi-la. Contudo sempre existem falhas e o avanço da alquimia fez com que novas falhas apareçam. Por exemplo, na época em que foi feita, aquela folha de papel não resultava em uma falha, porém hoje é.

— Certo, então podemos descobrir a fórmula do alquimista que escondeu o texto na página que Rusc roubou da Fortaleza de Perfain, — Lisael coçou o queixo — mas em que isso pode nos ajudar?

— Ainda não sei ao certo, mas ao longo do tempo alguns alquimistas ganharam fama e como eu disse a fórmula é como uma assinatura.

— De quem estamos falando aqui? — Estus caminhava de um lado para o outro da sala.

— Stenig[3] — Meiev falou o nome com reverência.

Durante um longo período, Breasal esteve imersa no medo. Reinos foram destruídos, cidades devastadas, a vida como todos conheciam não existia mais. O que restou foi o desespero e o sofrimento. Um homem, conhecido como o Bruxo, criou o que depois ficaria conhecido como os Artefatos de Raça[4]. Poderosas relíquias que guardavam em si a essência vital de toda uma raça. Se um Artefato fosse quebrado, a raça cuja essência ele continha seria imediatamente destruída e todos que pertenciam a ela mortos.

O Bruxo foi responsável pela criação de enormes

---

[3] Para saber mais sobre Stenig leia o conto "A ira dos dragões" no livro *A ira dos dragões e outros contos*.

[4] Para saber mais sobre os Artefatos de Raça leia o livro *O segredo da guerra*.

prisões onde cabiam cidades inteiras e seus habitantes obrigados a trabalhar até a exaustão. As prisões eram chamadas de doomshas e se espalharam por toda Breasal. O Bruxo tinha um único objetivo, fazer com que todos se curvassem diante de seu poder. Porém com muito esforço uma resistência começou a nascer, tomou forma quando cinco líderes surgiram. Maktar, Stenig, Tawrish, Melkor e Braqi ficaram conhecidos como os Cinco de Tatekoplan. E foram os responsáveis por libertar Breasal do domínio do Bruxo.

Stenig, um gnomo como Meiev, antes de ser preso e levado para a doomsha era um grande alquimista de seu tempo. Suas pesquisas e poções já seriam suficientes para colocá-lo entre os grandes. Porém sua atuação na luta contra o Bruxo foi ainda mais impressionante. Foi decisivo para que os dragões viessem para o lado dos povos oprimidos e sua atuação na doomsha de Tatekoplan salvou inúmeras vidas.

— Incrível — Estus se apoiou com uma das mãos na parede.

— Você consegue descobrir a fórmula de Stenig?

— Sim, Lisael, com este pedaço de papel e uma boa quantidade de tempo e paciência, posso desvendar a assinatura de um dos alquimistas mais importantes da história de Breasal.

— E o que podemos fazer com a fórmula? — Rusc não parecia tão animado quanto os outros.

— Normalmente os alquimistas usam sua fórmula para guardar seus maiores segredos.

— Como o mecanismo que você usou na porta do seu laboratório — interrompeu Estus.

— Precisamente. Uma vez que a fórmula é descoberta, você possui a chave para os segredos.

— Imaginem, os segredos de Stenig. É fantástico — Lisael esfregava as mãos.

— Stenig foi preso, seu laboratório destruído, seus objetos perdidos. O Bruxo era implacável. O maior segredo que Stenig poderia ter nos deixado está nesta página — as palavras de Rusc eram ríspidas — e se não conseguirmos encontrar as restantes, que completam o texto, não teremos nada.

Por um instante um silêncio incômodo se fez no laboratório de Meiev. As palavras de Rusc apesar de duras eram verdadeiras. Quando foi preso pelo Bruxo, Stenig perdeu tudo. De alguma forma conseguiu produzir o texto sobre os Oráculos e, de uma forma mais impressionante ainda, escondeu o texto em páginas de diversos livros. Porém, o texto sobre os Oráculos é seu único legado.

— Ainda assim a descoberta de Meiev nos traz um fato importante — Estus sorria novamente. — A única forma de os livros que contêm o texto de Stenig terem sobrevivido é terem sido feitos após sua prisão.

— Sim, Stenig morreu logo depois da derrota do Bruxo, — completou Lisael — não teria tempo para produzi-los fora da doomsha.

— Logo nosso campo de pesquisa está restrito a livros que estavam na doomsha de Tatekoplan.

— Esta sim é uma boa novidade — Rusc deu um tapa em seu joelho. — Devemos procurar por livros com mais de mil anos.

— Só existe um lugar para sabermos sobre livros — Estus buscou pelo copo de vinho.

— A Biblioteca de Krassen — murmurou Rusc enquanto brindava com Estus.

****

Os degraus brancos se derramavam diante da Biblioteca de Krassen, a mais importante de Breasal. A cidade situada no reino élfico era pequena, poucas casas, muitas pousadas e estabelecimentos comerciais. As residências ficavam mais afastadas, longe do enorme prédio da Biblioteca. Isso era explicado pelo fato de pessoas do mundo todo visitar o local para andar pelos longos corredores da Biblioteca. Seu acervo de livros era impressionante e crescia continuamente.

A construção desafiava o horizonte e era possível vê-la muito antes de se chegar à cidade. Krassen vivia sobre uma lei diferente das de outros lugares. Mesmo em tempos de guerra, estava aberta a qualquer visitante, inclusive aos inimigos dos Elfos. A Biblioteca foi criada para que o conhecimento estivesse ao alcance de todos e os Elfos honravam esse compromisso custasse o que custasse.

O Pássaro era um edifício de dois pavimentos, o proprietário chamava-se Dreinan e outrora tinha sido um fazendeiro. Porém, durante uma grande seca perdeu toda a sua plantação e com ela suas economias. Falido, decidiu que a única saída seria mudar de negócio, vendeu as terras e comprou um prédio abandonado no centro. Com a ajuda de sua companheira reformou o lugar transformando-o em uma pousada. Logo, O Pássaro rendia muito mais do que qualquer plantação. Ao entrar era como se você tivesse acabado de chegar em casa e isso agradava os viajantes que há muito estavam na estrada.

Os três entraram na pousada e foram recebidos por Dreinan, conheciam o antigo fazendeiro de outras estadas, era comum que visitassem a Biblioteca procurando por algum livro ou alguma informação. Era a primeira vez que o faziam juntos.

Drenain era um elfo de ombros largos, herança do tempo que trabalhava na terra com um arado, a pele queimada pelo sol e cabelos grisalhos. Era conhecido pela voz alta e pela simpatia com que atendia os clientes.

— Boa tarde, senhores — Drenain os recebeu com um sorriso. — Em que posso ajudá-los?

— Precisamos de três quartos — Estus cumprimentou o elfo com um aperto de mão. — Teríamos aqueles de frente para a Biblioteca?

Um dos lados d'O Pássaro tem janelas que proporcionam uma vista belíssima da Biblioteca. Claro, são os quartos mais procurados e com o passar dos anos tornaram-se uma questão de reputação. As pessoas mais importantes e influentes ganhavam essas acomodações. Pessoas que frequentavam muito a pousada e caíam nas graças de Drenain. Uma reputação que qualquer um gostaria de ter.

— Verei o que posso fazer pelos senhores — o elfo seguiu para o balcão para verificar o caderno onde mantinha o controle dos hóspedes.

Lisael e Rusc também o cumprimentaram com movimentos amistosos de cabeça.

O quarto era simples, cama, mesa, cadeira e uma pequena cômoda de três gavetas. Estus abriu a janela e pode ver a Biblioteca, não conteve o sorriso. Sempre, sempre sentia uma enorme alegria ao ver aquela construção. De dentro da mochila pegou o cachimbo e um pouco de fumo. Decidiu usar o de Froolik, era uma ocasião especial. Com o polegar socou o fumo no fornilho, um graveto de cedro, um estalar dos dedos e uma chama se fez. Logo a fumaça saía pela janela. Um passarinho pousou ali perto e cantou algumas notas. Não era por acaso que o nome da pousada era O Pássaro. Por alguma razão ao redor do estabelecimento sempre era possível encontrar um passarinho cantando.

Estus sentia uma grande alegria por estar perto da Biblioteca, lugar que continha quase todas as respostas. Bastava saber como encontrá-las. E o mago era uma pessoa de inúmeras perguntas, sua curiosidade o levava para aventuras fantásticas e às vezes a fazer coisas que muitos diriam ser nada sensatas. Mas ali em Krassen estavam as respostas, nos incontáveis livros guardados por suas paredes.

Contudo, naquela tarde algo ressoava em sua mente. As palavras de Meiev. Se os livros não eram mais confiáveis, a Biblioteca não tinha mais nenhuma razão para existir. Tentou afastar a ideia, porém ela insistia em permanecer. Estus sabia que a única maneira de ficar em paz era descobrir a verdade e se realmente os livros não eram confiáveis era sua missão torná-los confiáveis.

Um leve bater na porta chamou sua atenção.

— Entre — murmurou.

— Vamos até lá? — o rosto de Lisael apareceu.

— Sim, estou pronto.

A longa escada terminava em uma maciça porta de madeira. Como todos os dias, encontrava-se aberta e ao seu lado estava um elfo. Tinha os cabelos grisalhos, era um pouco mais velho que Lisael, e vestia a túnica cinza que indicava ser o ajudante da Mestra da Biblioteca. Elessin era seu nome e os três viajantes o conheciam bem.

— Sejam bem-vindos, senhores, a Mestre estava esperando por vocês — disse com mesura. — Espero que tenham feito uma boa viagem.

— Obrigado, Elessin. É bom retornar. Como vão as coisas?

— Sem muitas novidades, Lisael, porém a chegada de vocês indica que as coisas estão para mudar. Venham.

A sensação que se tem ao entrar na Biblioteca é fantástica, ela tem um amplo salão de altura impressionante, e os livros estão por todos os lados. Estantes e mais estantes de madeira, formando corredores que seguem por longas distâncias. Em uma determinada altura diversas janelas permitem que a luz do sol entre e o ambiente fique claro e arejado. Quando chove não são poucos os estudiosos que tiram os olhos de seus livros para admirar os pingos escorregando pelos vitrais.

A única coisa que incomoda no início é o silêncio. Um local tão grande faz o silêncio se ampliar e ganhar uma força espantosa. Não são raros os visitantes menos experientes que precisam sair às pressas para escutar um pouco da natureza e dos barulhos da cidade. Uma das lendas que circulam pelos corredores é que há muito tempo um jovem sentou-se pela manhã e estudou até o anoitecer. Quando se levantou, saiu correndo e se atirou por uma das janelas. Suas últimas palavras foram "eu não aguento mais o silêncio".

Seguiram Elessin, passando por algumas mesas longas cujos bancos eram ocupados por pessoas estudando. Um deles chamou a atenção de Estus. Um humano, de cabelos negros e olhos fundos, tinha a pele queimada pelo gelo e pela neve. Um homem do Norte. Em seu peito, na armadura de couro, estavam costuradas três linhas azuis. O símbolo da Água Negra.

O ajudante os guiou até uma pequena porta, com um aceno mostrou onde deveriam aguardar.

— Ela em breve irá lhes atender — disse com uma voz suave.

Estava para se retirar quando Estus gentilmente o segurou pelo braço.

— O que um agente da Água Negra faz por aqui? — sussurrou.

— Todos são bem-vindos à Biblioteca — respondeu o elfo.

— Sim, eu sei, — Estus insistiu — mas eles são estranhos. Ninguém sabe quais são suas intenções.

— Até onde sei, eles ajudaram muita gente lá no Norte.

— Pode até ser, mas foi há muito tempo e hoje pelo que sei governam com punhos firmes.

— Pode ser, mas não existem provas de que exerçam algum tipo de imposição. O povo parece gostar do que eles fazem por lá.

— Você não entende — Estus elevou um pouco a voz. — Não podemos dar todo esse conhecimento para eles. É perigoso. Eu sei que existe algo errado.

— Desculpe, meu amigo, mas até termos uma prova real ou descobrirmos as verdadeiras intenções da Água Negra, a Biblioteca permanece aberta a todos — Elessin deus dois passos e se virou. — Desculpe, Estus.

O mago preparava-se para responder quando a pequena porta se abriu. Uma elfa de cabelos cor da prata que desciam em uma grossa trança, os olhos claros, algo oscilando entre verde e mel e vestindo uma túnica verde com detalhes em prata que combinavam com os cabelos. Taqiy. A Mestra da Biblioteca de Krassen.

— Entrem — ela os convidou com um sorriso.

Os três levantaram e fizeram uma reverência antes de entrar.

O aposento de Taqiy era pequeno e surpreendentemente arrumado. Uma mesa larga, com pergaminhos organizados e alguns livros empilhados. Uma pena e um frasco de tinta. Na parede uma única prateleira com alguns volumes. Uma mesa lateral com um jogo de chá, uma lareira acesa e só. Uma sala simples para um dos postos mais importantes de Breasal, pois a Mestra da Biblioteca era respeitada por todos. Suas opiniões eram ouvidas por reis e soberanos e por algumas vezes na história o Mestre da Biblioteca de Krassen foi responsável por guiar o destino do mundo.

Diferente de outros dias, diante de sua mesa estavam hoje três cadeiras. Não era uma regra, cada Mestre tinha liberdade para decidir sua rotina. Como desejava que as coisas funcionassem na Biblioteca, Taqiy era muito reservada e eram raros os momentos que recebia alguém em sua sala.

Com um aceno ela pediu que os três visitantes se sentassem. Com outro, perguntou se gostariam de um chá. Rusc e Lisael recusaram, Estus aceitou.

De uma gaveta de sua mesa a elfa retirou um pequeno frasco contendo algumas ervas. Com delicadeza colocou algumas folhas no infusor e uma chaleira no fogo. Sentou-se em sua cadeira.

— Bem, senhores é um prazer revê-los na Biblioteca. Espero que tenham feito uma boa viagem.

— Para nós — Rusc olhou para seus companheiros — é uma honra sermos recebidos pela Mestra —
fez uma reverência. — Porém nos intriga o motivo.

— Compreendo que seja apenas uma forma-
lidade, — a elfa sorriu — pois acredito que estou
diante de algumas das mentes mais interessantes de
Breasal — virou-se para Estus em tom de confis-
são. — Gostei muito de saber sobre o seu pequeno
grupo, os Basiliscos, acho que será uma boa coisa
— voltou-se para os outros — por isso não preciso explicar que Meiev e eu somos amigos e ele me
confidenciou sobre sua descoberta. Também sei que
deduziram que tenho grande interesse no assunto;
estão certos. Estou disposta a ajudá-los desde que a
Biblioteca possa receber toda ou alguma parte das
descobertas que fizerem.

Ela se levantou e foi ver como estava a chaleira.
Abriu a tampa, cheirou e sorriu. Com cuidado serviu
o chá escuro em duas xícaras de louça branca. Pegou
uma das xícaras e a entregou para Estus. Voltou para
sua mesa e tomou um rápido gole. Pareceu aprovar o
chá com um aceno e colocou a xícara sobre a mesa.

— Bem agora eu preciso dizer algo que vocês
não sabem, — Taqiy riu baixinho — afinal, preciso
justificar tudo isso aqui — com a mão direita indicou
a Biblioteca. — O que ninguém sabe, ou o que poucas pessoas sabem, é que os livros de Stenig nunca

foram encontrados, salvo dois. Pelo relato de Meiev, suponho que um deles esteja de posse do Senhor de Perfain — Rusc assentiu as palavras da elfa. — O outro ainda é um mistério. Nunca procurei saber seu paradeiro, pois sempre julguei que seriam livros cujo conteúdo conheceríamos de alguma outra forma. Livros que teriam outras cópias vagando pelo mundo e uma delas com certeza encontraria o caminho até aqui. A chance de serem únicos era muito remota por Stenig estar preso e sempre sobre uma vigilância muito cuidadosa do Bruxo.

— Quanto maior o obstáculo, mais longe sua mente se força a ir — disse Estus antes de tomar um gole.

— Certamente, certamente, eu deveria ter atentado para isto. De qualquer maneira vocês colocaram esse detalhe sob nossos olhos e agora podemos discutir sobre ele. Existe uma lenda que poucos conhecem sobre o alquimista. Certa vez, em uma de suas viagens, Stenig caiu em uma caverna, passou dias preso, sem luz, comida ou água. Sua única companhia eram morcegos que no início não representavam nenhuma ameaça. Porém, com o passar dos dias os morcegos se tornaram agressivos e para Stenig restava pouco tempo. Ou saía de lá ou os morcegos acabariam com ele. Ninguém sabe como o gnomo escapou ou se a história é verdadeira. Enfim, — ela tomou um gole do chá — talvez possa descobrir mais alguma coisa sobre isso hoje. Rusc, poderia me emprestar a página de Stenig?

Com certa relutância ele retirou o papel de seu bolso e entregou na mão da elfa. Taqiy segurou a página com reverência e com cuidado abriu, revelando uma escrita fina e sem dúvidas feita às pressas.

— Impressionante — ela murmurou. — Como ele conseguiu fazer isso enquanto estava preso em uma doomsha?

Taqiy abriu a gaveta mais baixa de sua mesa e retirou um pequeno frasco de vidro. O objeto continha um líquido translúcido que por um breve instante parecia captar a luz ao redor e transformá-la em diminutas manchas coloridas que dançavam no interior do frasco.

Colocou a página sobre a mesa e a examinou com calma. Nenhum dos três visitantes poderia dizer o que a Mestra procurava, mas não conseguiam desviar os olhos da devoção com que ela realizava tal tarefa. De repente abriu o frasco e mergulhou um pequeno pincel no líquido translúcido.

— Não — murmurou Rusc antes de Taqiy manchar o papel.

O pincel se moveu uma, duas vezes sobre a página. A elfa olhava ansiosa para o papel. Os outros se aproximaram e também tentavam ver alguma coisa, mas nada parecia acontecer.

— Barbaridade — a voz de Estus falhou.

No local onde a elfa tinha molhado com o líquido do frasco surgia um pequeno desenho. Aos poucos tomava forma até se revelar por inteiro. Um pequeno morcego no canto direito da página.

— Então a lenda é verdadeira — disse Taqiy com alegria, — a assinatura de Stenig é um morcego.

— Como não foi revelado antes? — Rusc olhava para o desenho.

— Porque isso não é alquimia, é uma assinatura arcana — a elfa levava um sorriso nos lábios.

— Por que Stenig usaria magia se tinha a alquimia? — Rusc não se conformava em não ter revelado antes o pequeno morcego.

— Quem encontrasse a página poderia não conhecer sobre alquimia — Taqiy fechou o frasco e guardou o pincel.

— Ele queria que alguém descobrisse o texto — Rusc tocou o desenho.

— As pessoas certas, acredito que sim — a elfa tomou um rápido gole.

— Isto é uma boa notícia.

— Melhor que isso, Rusc, — Estus voltou a se sentar — agora podemos identificar os livros de Stenig.

Os quatro ficaram em silêncio. Suas mentes fervilhando com as possibilidades que a descoberta propiciava. Se era verdade que poderiam identificar os livros de Stenig e Meiev descobrir seus segredos, era impossível prever o que as palavras do alquimista diriam sobre os Oráculos.

— Tudo que nos resta agora é encontrar os livros e creio que a Mestra tem a resposta para esta questão.

Taqiy suspirou.

— Temo que não seja tão simples, Lisael — entrelaçou os dedos e por um instante fechou os olhos. — Como disse, tudo que se sabe é que existem dois livros da biblioteca de Stenig. Um está em Perfain e o outro nunca foi mencionado.

— Mas deve existir alguma pista, é impossível que um livro desta importância tenha passado despercebido por tanto tempo — Estus ainda olhava para o pálido morcego na página.

— Lembrem que mesmo esta página, — ela apontou para o folha sobre a mesa — se não fosse por uma cadeia de coincidências, jamais saberíamos que Perfain detém um dos livros.

— Coincidências não existem.

— Talvez, Estus, porém Stenig escondeu bem seus segredos e não é qualquer um que pode desvendá-los.

— Mas deve existir alguma coisa, não podemos simplesmente chegar a um beco sem saída — Lisael tamborilava os dedos no braço da cadeira.

— O único beco sem saída que encontramos é a morte e até mesmo a este algumas pessoas conseguem encontrar opção — Rusc pegou a folha de cima da mesa e guardou em seu bolso. — Existe uma saída, basta termos a calma necessária para encontrá-la.

— Rusc está certo, às vezes precisamos ver o que está a frente de todos, mas ninguém tem coragem de enxergar, porque simplesmente é óbvio demais.

A Mestra se levantou, caminhou até a chaleira e se serviu de mais um pouco de chá. Voltou a sua mesa e sentou-se. Tomou um longo gole e esperou mais um pouco. Sua expressão era animada.

— Sempre esperei por este momento — cada palavra era dita com plena satisfação — uma chance de fazer algo que desde que coloquei os pés aqui em Krassen queria fazer. Até hoje a oportunidade não tinha aparecido. Diriam que eu estaria louca, em uma busca por algo que não existe ou que seria impossível de se encontrar. Porém, os acontecimentos narrados nesta sala mudaram isso. Senhores, vocês devem seguir para Tatekoplan e encontrar os livros de Stenig nas areias do deserto.

Os três visitantes não ousaram rir de sua anfitriã, afinal estavam diante da Mestra da Biblioteca de Krassen. Suas palavras, contudo, eram as de um louco. O deserto de Tatekoplan é um dos lugares mais perigosos de Breasal. Suas areias se estendem por um território vasto onde nada sobrevive a não ser as terríveis criaturas que habitam suas profundezas. Vermes gigantes que se alimentam de qualquer coisa que desafie as areias do deserto. Procurar pelos livros de Stenig naquele lugar era insanidade.

— Como é possível? — finalmente Rusc arriscou dizer o que todos pensavam. — Perdão, Mestra, mas como seria possível encontrar livros no meio de um deserto tão imenso? Muitos anos se passaram desde que Stenig esteve por lá.

— Vocês precisariam de um bom andarilho para guiar vocês.

— Precisaríamos de uma tremenda coincidência — respondeu Estus com um sorriso.

Taqyi mais uma vez se levantou e foi até a prateleira, com cuidado pegou um dos livros. Era antigo e parecia que se desmancharia a qualquer instante. Pousou o tomo sobre a mesa e com cuidado abriu as páginas, retirou um pergaminho envelhecido pelo tempo.

Com as pontas dos dedos estendeu o papel sobre a mesa, revelando um mapa. Era Breasal e espalhados estavam pequenos quadrados desenhados em uma tinta diferente do traçado do mapa.

— Este livro foi encontrado nas ruínas do que um dia foi um dos acampamentos que se formavam perto das doomshas. Nas bordas do deserto. E até onde pudemos descobrir, os pequenos quadrados representam a localização das doomshas.

— Um mapa dos rebeldes.

— Exatamente, Estus, acreditamos que este seja um dos mapas que os rebeldes usavam para planejar contra o Bruxo.

Os três visitantes se aproximaram da mesa e admiraram o papel. Repararam que o mapa era feito com desenhos rebuscados, algumas florestas diminuíram, outras aumentaram. Rios estavam faltando e muitas cidades não existiam naquele tempo.

— Como poderemos saber que as coordenadas do mapa ainda são úteis? — Rusc se afastou. — Muita coisa mudou ao longo dos anos, mesmo o deserto deve estar muito diferente do que era na época do Bruxo.

— Precisaríamos de um baita andarilho para ter alguma chance — murmurou Estus.

— Ou uma andarilha — com o mesmo cuidado a elfa guardou o mapa dentro do livro e o colocou de volta na prateleira. — Por coincidência Aetla está na cidade.

— Não a conheço — Rusc falou desapontado. — Creio que teremos de procurar outra maneira. Talvez possamos seguir até a Casa dos Espólios em Alénmar.

— Sim, pode ser que o outro livro de Stenig esteja por lá e...

— Senhores, — pela primeira vez a voz de Taqiy se elevou — confiem em Aetla, ela pode guiá-los até a doomsha — a voz se abrandou. — Confiem em meus conhecimentos, eles podem leva-los até os livros.

Ninguém que sabe o que representa ser Mestra da Biblioteca de Krassen iria contra as palavras de Taqiy. Por isso os três viajantes decidiram encontrar a andarilha no dia seguinte e rumar para Tatekoplan.

****

O dia estava claro, uma leve brisa soprava e nos estábulos da Biblioteca os três viajantes encontraram Elessin e uma mulher. Ela vestia uma armadura de couro, os cabelos negros presos em uma trança que descia até o meio de suas costas. Levava uma adaga presa em sua bota esquerda e no cinto duas espadas, uma curta e outra longa, que tinham as lâminas levemente curvadas à maneira dos Elfos. Também carregava um arco preso às costas. Seu rosto era de uma aventureira experiente, endurecido pelas estradas e pelos perigos e assim que colocaram os olhos sobre ela os viajantes perceberam que estavam diante de alguém preparado para enfrentar qualquer coisa. Esta é a função dos andarilhos, guiar, proteger e fazer com que seus companheiros cheguem ao destino que desejam. E Aetla era uma das melhores do mundo em sua função.

Elessin saudou os três com um aceno, Aetla permaneceu imóvel.

— Amigos, que bom vê-los e que bom dia para iniciar uma jornada.

— Olá, meu bom amigo, um belo dia sem dúvida. Vejo que está tudo preparado. Taqiy é muito generosa.

— Sim, Estus, temos cavalos, provisões e a melhor guia que aventureiros poderiam desejar. Aetla — o elfo indicou a humana com as mãos. — A Mestra tem grande interesse na demanda de vocês e espera que possa ter feito todo o possível para ajudá-los.

— Somos muito gratos por tudo que Taqiy fez por nós — Lisael acariciava um cavalo acinzentado de que se arriscou aproximar. — Creio que já escolhi minha montaria.

— A Mestra espera por novidades e deseja uma boa viagem — Elessin se despediu com um aceno e deixou os aventureiros.

Aetla subiu em um cavalo, um animal malhado de crina escura, não sorria, contudo perceberam que estava ansiosa para iniciar a demanda.

— Imagino se em um destes cavalos há uma cópia do mapa que Taqiy nos mostrou — Estus também montou, seu cavalo era da cor do mel — seria

bom termos algum tipo de direção. Não que eu esteja duvidando das qualidades de nossa guia.

— Não se preocupem — foi a primeira vez que
a andarilha falou, uma voz seca, firme. — Fiz uma
cópia do mapa. E não espero que confiem em mim,
não agora, mas ao final, quando tiverem alcançado
seu objetivo, garanto que me verão com outros olhos.

Rusc se aproximou do cavalo da andarilha e o
segurou pelas rédeas. O animal se assustou, mas ele
segurou com firmeza.

— Você pode ter a proteção de Taqiy, pode ser
boa no que faz e pode fazer cópias de mapas, mas
me escute bem, — falava pausadamente, com calma, porém a ameaça permeava suas palavras — você
faz o que nós mandarmos e quando mandarmos.
Compreendeu?

Aetla permaneceu com o rosto tranquilo, em nenhum momento se demonstrou intimidada ou com
raiva. Sua única reação foi acariciar o cavalo e fazer o
animal caminhar para frente, afastando-se.

Em silêncio Rusc montou e seguiu em frente
também. Logo os outros foram atrás e o grupo estava
em movimento. Deixavam Krassen para trás e teriam
uma longa viagem até as areias de Tatekoplan.

****

O rio Durin é o mais extenso de Breasal, suas águas em qualquer ponto são sempre barulhentas e agitadas. Há muito tempo, em um esforço que custou inúmeras vidas, um grupo de engenheiros gnomos, e por que não chamá-los de aventureiros, construiu uma ponte. Com o passar do tempo ela se chamou Mayulhung e é um dos pontos mais importantes do mundo, a ligação entre o Sudeste e o Sudoeste de Breasal.

O local era rota obrigatória para as caravanas que transportavam suas preciosas mercadorias de uma costa para outra. Não demorou para que saqramans, como são chamados os assaltantes de estrada, percebessem essa peculiaridade da ponte e se reunissem na região. A travessia de Mayulhung logo se tornou uma das coisas mais perigosas a se enfrentar, porém inevitável. As águas do Durin são intransponíveis para carroças, até mesmo para cavalos. Caravanas recorrem a mercenários caríssimos para passar sem terem suas cargas roubadas. Às vezes o recurso funciona, o certo é que as águas embaixo da ponte sempre estão rubras.

Os cavalos seguiam com cautela. Mesmo sobre a segurança da ponte, o barulho do Durin assustava os animais. Foi preciso Aetla provar seu valor salvando o grupo de uma emboscada de lacaios de Perfain para que Rusc deixasse que a andarilha fizesse seu trabalho como desejava, liderando o grupo durante a viagem até Mayulhung. Não foram poucas as discussões entre Rusc e Aetla. O papel de apaziguar as coisas para que o grupo se mantivesse unido coube a Lisael, com paciência e bom humor o elfo conseguiu que chegassem à metade da jornada com relativa paz.

Contavam com um encontro com saqramans em Mayulhung, porém nada os tinha preparado para o que surgiu diante deles.

Já tinham atravessado metade da ponte, as águas do rio corriam sob seus pés quando viram três vultos. Saqramans, pensaram. Vestiam armaduras pesadas, de metal, elmos, escudos e espadas. Nos escudos o símbolo da Fortaleza de Perfain, três lobos dourados sobre um fundo azul. Assim estavam dois dos três vultos. O terceiro trajava somente um casaco de tecido, calças e camisa. O rosto guardava um sorriso e na mão um anel com uma pedra que emanava uma frágil luz azulada. O senhor de Perfain.

Imediatamente Aetla parou e, por instinto, os três aventureiros desmontaram e vieram para frente, protegendo a andarilha. Lisael percebeu que atrás deles mais três vultos se aproximavam. Dois guerreiros armados como os outros e um arqueiro. Estavam cercados. O elfo virou-se e com Aetla encarou os novos inimigos. Estus e Rusc olhavam para Perfain. A andarilha segurava firme as rédeas dos quatro cavalos.

— Ora, ora se não são meus visitantes — o Senhor de Perfain parecia animado. — Terei sido um anfitrião tão desastrado para que minhas visitas fugissem tão cedo?

— Vejo que ainda procura pela pedra — Estus apontou para o anel se referindo a um antigo desejo de Perfain. — A luz ainda está azulada, que pena. Quando ela ficar esverdeada me avise, então saberei que você realizou um grande feito e não vive de glórias do passado.

— Devolvam-me a página — desta vez não sorria.

— Se eu estivesse diante de um grande mago, eu até poderia entregar — Rusc sorriu para Estus. — Mas um grande mago não pede, ele simplesmente pega.

O Senhor de Perfain apenas acenou com as mãos. Os dois guerreiros levantaram suas espada e atacaram.

— Quando a primeira espada cair sobre nós ele virá com fúria, esteja preparado para Perfain, os guerreiros são apenas uma distração — sussurrou Estus para Rusc.

— Fique tranquilo, estou pronto para ele.

O primeiro guerreiro veio, Estus proferiu as palavras certas e apontou sua mão para o inimigo, seus dedos foram tomados por uma luz azulada e pelo frio. Um raio viajou pelo ar acertando o guerreiro no peito. Sua armadura afundou no local do impacto e pequenas pedras de gelo rolaram pelo chão até as águas velozes do Durin.

Do outro lado, o arqueiro se preparou para atirar. Aetla com curtos sons feitos com a boca instigou os cavalos em direção aos inimigos. Os quatro animais saíram em disparada. Um dos guerreiros não conseguiu desviar e foi atingido na perna e no rosto, caiu desacordado no solo. O arqueiro foi mais rápido e pulou para o lado, escapando da corrida dos animais. Porém Aetla foi certeira e o inimigo caiu morto com uma flecha atravessando sua garganta. Lisael ainda tentava entender como a andarilha conseguiu atirar ao mesmo tempo em que assustava os cavalos. Foi tudo muito rápido. Com um gesto das mãos e uma palavra arcana, o elfo fez o segundo guerreiro ser arremessado por sobre a ponte nas águas do Durin.

O Senhor de Perfain iniciou sua magia, mas Rusc buscou em seu casaco por um pequeno frasco e o arremessou. O vidro se espatifou aos pés do mago e imediatamente suas roupas entraram em combustão. Rusc correu na direção de Perfain. Seus olhos eram puro ódio. O guerreiro levantou a espada, porém o golpe que mataria Rusc não se completou. Uma flecha atravessou a garganta do inimigo que caiu sem vida na ponte.

O alquimista seguiu em frente e acertou um

soco no rosto de Perfain que lutava com o fogo em suas roupas. O mago sentiu o golpe e deu cinco passos para trás. O Senhor de Perfain sumiu em um redemoinho de névoa azulada.

— Vamos embora! — Rusc já corria pela estrada.

Repetindo os sons com a boca, Aetla reuniu os cavalos e sem perder tempo o grupo retomou a jornada.

Sabiam que não tinham conseguido nada. Em nenhum instante pensaram na vitória, tudo que fizeram foi cruzar a ponte. A ameaça de Perfain persistia, agora mais presente do que nunca, pois o mago não desistiria e o encontro em Mayulhung só tinha aumentado seu ódio por eles.

Rusc colocou seu cavalo ao lado de Aetla.

— Você salvou minha vida — sussurrou para a andarilha. — Obrigado.

****

— Podemos fazer uma fogueira? — Estus tentava se esquentar na noite fria com seu casaco.

— Não — foi a resposta seca de Aetla.

O mago deixou-se cair no chão. Tinha os olhos cansados e seu corpo doía. Lisael também estava sofrendo com a rotina. Evitavam qualquer lugar aberto, vilarejo ou fonte de água. Dependiam das habilidades de Aetla para comer e beber. Não faziam fogueiras e caminhavam quase todo o dia. A noite era o único momento que descansavam por um período maior.

O Senhor de Perfain seguia incansável em seu encalço. Se não fosse pela experiência da andarilha já teriam sido capturados e desta vez tinham certeza de que Perfain não seria tão relapso com eles. A morte seria imediata.

— Você tem certeza que a mensagem vai chegar? — o elfo nem abria os olhos de cansaço.

— Sim — a andarilha bebeu um gole do cantil. — Minha dúvida é se ela vai encontrar as mãos certas.

— Se o pássaro chegar à cidade, Ligen receberá a mensagem, pode ficar tranquila — Estus quase dormia.

Durante o dia Estus elaborou um plano. Ele sabia que não aguentaria por muito tempo aquela perseguição. Aetla e Rusc estavam acostumados à estrada e permaneciam firmes. Porém Estus e Lisael não tinham tanta experiência em viagens com condições tão duras, aproximavam-se de seu limite e logo cairiam. Precisavam fazer alguma coisa e enfrentar a força de Perfain era impossível. Tiveram muita sorte na ponte, conseguiram escapar. Mas a chance de escaparem a um novo encontro era ínfima, por isso precisavam de outra ideia. Estus sugeriu que a única coisa que faria o mago desistir deles era se a Fortaleza sofresse um ataque.

O plano consistia em enviar uma mensagem para Ligen, um gnomo, amigo de confiança de Estus que fazia parte do grupo que chamavam de Basiliscos. Ligen tinha as habilidades necessárias para entrar na Fortaleza e ameaçar Perfain. Não precisaria lutar, somente chamar a atenção. Se tudo desse certo, o mago voltaria correndo para defender seus pertences e deixaria os viajantes em paz por um tempo.

Todos concordaram que era uma boa tentativa e Aetla se encarregou de encontrar uma forma de a mensagem ser entregue ao gnomo. Um dia apareceu com um belo pássaro em suas mãos, um falcão que levou o pedaço de pergaminho amarrado em sua pata. Há três dias enviaram o pássaro, porém continuavam fugindo.

— Espero que funcione — Rusc mastigava uma raiz. — Não sei por quanto tempo aguentaremos ser caçados desta maneira.

— O tempo necessário — murmurou Lisael — não vou deixar que o Senhor de Perfain seja dono de meu destino mais uma vez. Conseguimos escapar da Fortaleza, vamos conseguir escapar de novo.

As palavras do elfo foram um alento para todos. Porém não resolviam o problema. Por um breve instante sorriram, mas logo o cansaço afastou a alegria e foi mais uma noite fria e de sono ruim.

Lisael abriu os olhos, a claridade não deixou que enxergasse nada. Levantou assustado. Aetla nunca deixava que dormissem até o sol alcançar o topo do céu. Algo não estava certo.

Ficou de pé pronto para o pior, mas encontrou seus amigos sentados em volta de uma fogueira comendo carne assada.

— O plano deu certo — disse Estus com um sorriso e a boca cheia de carne.

****

Tatekoplan é uma imensidão. Seu calor pode ser sentido muito antes de se ver suas areias. Não existe uma gota de água por distâncias incríveis. Dizem que é mais fácil você encontrar uma esmeralda em uma estrada do que água em Tatekoplan.

Os viajantes miravam o horizonte, areia a perder de vista. Cobriam as cabeças com panos para evitar o sol, sentiam a pele pegajosa pelo suor e a boca seca. Aetla se despedia dos cavalos, os animais não continuariam a viagem pelas areias do deserto.

— Não podemos usar os cavalos? — Rusc bebia um pouco de água. — Seriam úteis e diminuiriam as distâncias.

— Teríamos de cuidar deles o tempo todo para não virarem comida de verme na primeira noite — a andarilha acariciou um dos animais. — É mais seguro para eles e para nós que fiquem aqui.

— Boa deusa, os vermes — Lisael olhava preocupado para a areia. — O que podemos fazer contra eles?

— Fogo — respondeu a andarilha.

— Perdão? — Lisael tentava encontrar algum sinal de fumaça no horizonte.

— Precisamos de fogo contra os vermes — a andarilha mostrou um fardo de lenha. — Imagino que seja a primeira vez que os senhores vêm a Tatekoplan — Aetla não conseguiu conter um riso.

— De fato nunca estive por aqui — admitiu Estus com curiosidade — e gostaria muito de saber como o fogo pode ajudar contra os vermes.

— As criaturas que vivem nas profundezas do deserto, os vermes, odeiam o calor e a luz. São mortíferas, porém o fogo as mantém afastadas.

— Então tudo que precisamos fazer é manter uma fogueira acesa e estaremos seguros. Não parece tão complicado — Lisael estava sentado em uma pedra.

— Quando estamos confortáveis em nossas salas, recostados em poltronas e bebendo vinho, os pensamentos são simples — Aetla ficou irritada, mas era evidente que não com Lisael. — Porém a vida aqui fora é muito mais complicada. Imprevisível. Seu raciocínio é certo, lógico, mas uma noite em Tatekoplan e verá que o vento é constante, nenhuma fogueira poderia resistir por mais de um instante. É preciso alimentá-la todo o tempo. E isto, senhores, só se aprende enfiando o pé na areia e vivendo.

A andarilha se adiantou, caminhando alguns passos sobre o deserto e deixando os viajantes para trás. Talvez Aetla nunca saiba a verdadeira dimensão que essas palavras tiveram em seus três companheiros, mas em silêncio eles refletiram profundamente e o resultado mudou o rumo de suas vidas para sempre.

O sol castigou os aventureiros durante o dia, o calor intenso e a areia demandavam deles um grande esforço. Avançaram muito menos do que Aetla gostaria e consumiram uma boa quantidade da água. Rusc sempre estava com sede e a todo instante a andarilha o impedia de beber para racionar a água. Além da sede do alquimista, Aetla se preocupava com a noite que chegava. O sol estava baixo e logo o frio se derramaria sobre o deserto. E com ele, o perigo dos vermes.

A escuridão os encontrou em uma grande rocha. Aetla, apesar das dificuldades, conseguiu encontrar um lugar seguro para a noite. Uma pequena fogueira, protegida do vento por uma reentrância da rocha, assava um coelho e para surpresa dos três viajantes a primeira noite em Tatekoplan estava sendo bem mais confortável do que imaginavam. A rocha os protegia dos vermes, enquanto não tivessem contato com a areia, não corriam perigo. A andarilha estava sentada com a cópia do mapa de Taqiy à sua frente. Examinava o pergaminho e as estrelas.

Tudo que se escutavam era a lenha estalando com o fogo e o som das criaturas ao longe. Era um rugido abafado, agudo, que no princípio incomodava, mas depois se tornava perigosamente imperceptível.

Rusc se aproximou com cautela de Aetla e sentou-se ao seu lado. Timidamente limpou a garganta.

— Teremos uma noite tranquila, não?

— Tudo indica que sim, mas é sempre bom estar atenta por aqui.

— Claro, mas se nos mantivermos nas rochas, estaremos a salvo durante a noite.

— Eu gostaria de poder ter a habilidade necessária para sempre encontrar um local seguro — pela primeira vez no deserto a andarilha sorriu. — Porém creio que teremos noites mais agitadas que esta.

— Espero que sim — Rusc também sorriu. — Confesso que é entediante termos uma fogueira, comida quente e um bom lugar para dormir.

Os dois sorriram.

— Nosso avanço é mais lento do que eu esperava, nesse ritmo, não teremos lenha suficiente para terminar a jornada.

Rusc retirou de seu bolso um diminuto frasco, esverdeado e com uma pequena rolha na ponta. Com cuidado abriu e derramou o líquido sobre a pedra. Procurou por algo em outro bolso, um pó escuro e com a ponta dos dedos derrubou sobre o líquido. Imediatamente as chamas brotaram, azuladas e brilhantes.

— Incrível — sussurrou Aetla.

As chamas cresceram e ficaram altas, a andarilha sentia o calor envolver seu rosto e a claridade incomodar seus olhos.

— Pode ser uma boa solução para o problema do fogo.

O vento castigava as chamas, contudo elas permaneciam vivas, resistentes.

— Claro — Aetla falava com animação. — É impressionante.

De repente as chamas sumiram e restou somente a escuridão.

— Pois é — Rusc coçou a cabeça. — Existe um pequeno problema. O ingrediente principal é extremamente volátil e sem ele nada acontece.

— Teríamos de sempre alimentar o fogo. Compreendo. Mas você tem o suficiente?

— Depende da duração de nossa jornada.

— Creio que em dois dias conseguimos alcançar nosso destino.

Rusc passou a mão pelo rosto.

— Sim, consigo fazer ingrediente suficiente para quatro noites — levantou-se. — Bem, acho que podemos começar.

O vento jogou o cabelo de Aetla para trás e mostrou que sua testa estava franzida.

— Você quer viajar à noite?

— Não posso andar durante todo o dia e passar a noite acordado alimentando o fogo — diante do olhar teimoso de Aetla, Rusc explicou. — É preciso um grande conhecimento de alquimia para realizar esta tarefa. Posso estar enganado, mas acredito que nenhum de meus distintos colegas de viagem possui tal conhecimento. Resta-nos apenas uma opção: enfrentar a escuridão.

A andarilha pensou por um instante e depois assentiu. De pé encarou a escuridão e Rusc pôde ouvir uma prece, baixa o suficiente para que o alquimista não pudesse identificar as palavras. Porém a intensidade que elas eram proferidas não deixava dúvidas de que Aetla rezava por proteção.

Pela primeira vez Rusc ficou apreensivo, não lembrava há quantos dias viajava com a andarilha. Durante toda a jornada ela sempre foi firme, nunca hesitou ou demonstrou medo. Porém naquele momento ela pedia a proteção de algo que não era certo. Não era a certeza do aço de uma espada ou da precisão de uma flecha ou mesmo a certeza claudicante do conhecimento. Aetla recorria à intangibilidade da fé. Rusc não rezou, mas torceu para que sua decisão fosse a correta.

Logo nos primeiros passos sentiram o chão vibrar. O alquimista jogou a poção sobre a areia e, no instante em que o outro ingrediente foi adicionado, chamas surgiram. Ardiam com força e o deserto permaneceu em silêncio. Por toda a noite seguiram assim, ao menor sinal de ameaça, Rusc criava suas chamas e eles permaneciam seguros. Não foram importunados uma única vez.

O sol os castigava como se fosse o chicote de um mestre poderoso, açoitando sua vontade e fazendo cada passo ser extremamente doloroso. Estus sugeriu que dividissem a jornada, caminhassem um pouco durante o dia e o restante à noite. Dessa forma conseguiriam descansar um pouco a mente durante o dia e o corpo à noite. Porém foi uma sugestão feita no frio da noite. Quando amanheceu e o grupo tentou dormir, descobriu que o calor tornava quase insuportável tal tarefa, mesmo na sombra era difícil conseguir relaxar. Na primeira noite avançaram sem ser atacados, mas era preciso tamanha concentração e atenção que não conseguiriam repetir se não descansassem um pouco.

Por isso naquela manhã caminhavam, os passos pesados e o calor intenso faziam tudo ficar mais difícil. Mesmo Aetla não demonstrava força para instigá-los e a jornada prevista para dois dias, se estenderia. Encontraram uma formação rochosa onde uma pequena sombra se formava. Desabaram na areia.

— Precisamos descansar — Estus tomou dois goles do cantil.

— Impossível — Rusc tinha uma grave queimadura no lado esquerdo do rosto — já tentamos e tudo que conseguimos foi assar nossas cabeças

— Eu poderia fazer uma poção para dormirmos — Lisael limpava o suor de seu rosto.

— Seria arriscado, mesmo sendo raro, podemos ser atacados aqui — Aetla deu um rápido gole. — Podem existir outras criaturas vagando pelo deserto.

— E não podemos nos esquecer do Senhor de Perfain — Estus novamente bebeu vários goles. — Estou com Aetla, não podemos arriscar uma poção, temos de dormir, contudo sempre alertas.

— Vamos tentar dormir um pouco aqui — a andarilha fechou seu cantil. — Não sei se teremos outra sombra até a noite.

Os viajantes tentarem se ajeitar da melhor forma, porém sabiam que seria impossível dormir. O que tentavam fazer era limpar a mente para que quando a noite chegasse estivessem com os pensamentos em ordem.

O tempo é um inimigo que às vezes os aventureiros esquecem. Em um local como Tatekoplan ele se torna ainda mais poderoso e pode levá-los a loucura ou matá-los. Aetla sabia dessa ameaça e cada instante perdido poderia significar a morte. Desistiu de deitar e fechar os olhos, aquilo era uma perda de tempo tremenda. Sentou-se e olhou para os lados, todos despertos. Amaldiçoou o deserto enquanto ficava de pé e se preparava para retomar a caminhada.

Os olhos estavam pesados e mantê-los abertos era um esforço extremo, mas Aetla os conduziu com passos lentos e firmes até a noite os receber. O vento gélido no início era um alívio, mas logo se tornava inconveniente e era preciso vestir grossos casacos. Rusc preparava suas chamas enquanto os outros descansavam. Estus e Lisael iriam dormir um pouco antes de começarem a marcha noturna.

O fogo iluminava o pequeno acampamento. A andarilha fez uma fogueira com a lenha restante, assim Rusc poderia descansar um pouco. Aproveitaria para colocar alguns pedaços de carne para assar. Foi preciso cavar um buraco e usar as mochilas como proteção para que as chamas se sustentassem.

Rusc buscou por seu cantil, o alquimista levava

um pouco de vinho. Sentou ao lado da fogueira e bebericava como se estivesse em sua sala. Por várias vezes a calma que Rusc demonstrava impressionou Aetla.

O alquimista agradeceu o gesto da andarilha. Prometeu que logo acordaria para que ela também pudesse descansar. Aetla alertou Rusc que quando o fogo apagasse não teria mais lenha para reavivá-lo, ela precisaria das suas chamas. O alquimista disse para ela não se preocupar, logo estaria de volta e foi dormir.

Mesmo dentro em um buraco, a fogueira quase apagou com uma rajada de vento. Aetla verificou a carne, não poderiam esperar muito tempo, logo o fogo se apagaria. Retirou a comida e guardou em sua mochila, quando os outros acordassem, fariam uma refeição razoável.

Não restava o que fazer a não ser esperar por Rusc. Ficou olhando as chamas que dançavam diante do vento forte.

****

Sentia um gosto amargo na boca, os olhos abriram com dificuldade e demorou para compreender o que acontecia. Aos poucos os sons de batalha chegaram aos seus ouvidos. Aetla ficou de pé, uma mão segurando o arco e a outra preparando a flecha. Sua mente ainda dava voltas.

Rusc dormia, o cantil de vinho vazio deitado sobre a areia. A fogueira não passava de brasas. Estus lutava com um dos habitantes das profundezas, um verme gigantesco, com inúmeros olhos e o corpo coberto de pelos escuros. A boca era uma enorme abertura repleta de pequenos dentes afiados que se distribuíam por várias fileiras. O mago fez um rastro de energia que atingiu a criatura, ela urrou e se agitou, mas continuou atacando.

Lisael estava caído na areia, Aetla notou o braço esquerdo coberto de sangue.

A criatura se chocou contra Estus e o empurrou para o chão. Preparava o ataque final. O tiro da andarilha acertou a besta que não acusou o golpe e seguiu sem se abalar para acabar com a vida de Estus, que tentava se levantar. Aetla percebeu algo se mexendo às suas costas e virou a tempo de ver Rusc arremessando um pequeno frasco.

O arremesso foi certeiro e o vidro se quebrou contra o corpanzil da criatura. Imediatamente as chamas se espalharam com grande velocidade nos pelos escuros. O monstro urrou e seu corpo se revirava enquanto deslizava pela areia. Restou o silêncio e um enorme buraco.

Todos correram até Lisael. O elfo respirava com dificuldade e seu ombro estava destruído.

— Fogo! — Aetla gritava. — Precisamos do fogo! Mais criaturas virão!

Rusc se ajoelhou na areia e logo chamas fortes iluminavam a noite.

— Como ele está? — o alquimista continuava alimentando suas chamas.

— É difícil dizer, — Estus limpava o ferimento — mas isso aqui não está nada bom.

— Deixe-me ver — delicadamente Aetla afastou Estus.

As mãos percorriam os cortes, os dedos ágeis limpavam o sangue e passavam sobre a ferida uma pasta de cor amarelada. Aos poucos a confusão de sangue e carne dilacerada foi se ordenando e logo vieram ataduras. Foi preciso muito trabalho, mas ao final, os ferimentos estavam limpos e cuidados.

Lisael permaneceu todo o tempo inconsciente, sua respiração era vacilante e o rosto demonstrava grande dor.

— Como ele está? — Rusc continuava fabricando suas chamas.

— Nada bem — a voz de Aetla era fraca — seus ferimentos precisam ser tratados da maneira correta, aqui não se pode fazer muita coisa. Precisamos levá-lo para um local adequado. Uma igreja, uma cidade que tenha curandeiros aptos a salvá-lo.

— Veneno?

A andarilha balançou a cabeça confirmando a suspeita de Estus.

— O que você passou nas feridas?

— Um composto de ervas, pode retardar a ação de quase todos os tipos de venenos naturais, mas apenas atrasar. Para salvá-lo é preciso um antídoto adequado.

— Sim, — Estus pegou seu cachimbo — não tenho dúvidas de que o veneno é natural. Sua habilidade é impressionante.

— Obrigada, mas temos de ser rápidos ou de nada adiantará.

— Quanto falta para o local marcado no mapa? — um fio de suor corria pelo rosto de Rusc.

— Não importa, não podemos arriscar. A vida de Lisael corre sério perigo.

— Estamos em uma jornada perigosa, imprevistos sempre vão acontecer. Quanto tempo você acha que Lisael aguentaria com os cuidados de que dispomos aqui?

— Rusc, você não pode arriscar a vida de seu amigo desta maneira. Temos de ir embora já.

A andarilha voltou-se para Estus, buscando no mago um pouco de sensatez. O humano estava envolto na fumaça de seu cachimbo, os olhos perdidos no horizonte.

— Me ajude, você sabe que temos de desistir. É a coisa certa a se fazer.

A respiração de Lisael acalmou-se e se estabilizou. Rusc continuava concentrado nas chamas. Para o alquimista, tinha sido seu erro que quase tirou a vida de Lisael e o sentimento de fracasso lhe doía terrivelmente. Por isso agora se dedicava a manter o local seguro, longe dos ataques das criaturas do subterrâneo, o que significava fazer com que as chamas ardessem sempre. Aetla encarava Estus esperando que o mago concordasse com ela.

— É uma situação complicada que temos aqui — o mago soltava a fumaça lentamente de sua boca.

— Além da vida de Lisael e da proximidade de nosso objetivo, temos de pensar que o Senhor de Perfain está em nosso encalço — coçou o queixo. — A jornada sempre será perigosa, se desistirmos agora pode ser que nossa próxima tentativa seja pior — olhou para Lisael, o elfo permanecia de olhos fechados, porém o rosto agora estava sereno. — Não gosto da ideia de arriscar a vida de Lisael. Creio que nenhum de nós gosta de pensar sobre isso, mas não podemos ignorar uma possibilidade quando o destino a coloca em nosso caminho. Se o veneno não se espalhar, se Lisael aguentar e se encontrarmos logo nosso destino, podemos recuperar os livros e salvar a vida de nosso amigo.

— São muitas condições — as palavras de Aetla eram secas. — Se seguirmos em frente é melhor matarmos Lisael agora mesmo. Pouparemos o seu sofrimento.

— Não seja teimosa, mulher — Rusc deixou suas chamas de lado por um instante. — O que Estus está querendo dizer é que da próxima vez talvez não tenhamos a chance de escolher e um de nós morra tentando chegar às ruínas da doomsha. Evidente que o que fazemos é arriscado, mas de nenhuma forma demonstra que não levamos a vida de Lisael em conta. Desta vez conseguimos escapar com uma chance, um de nós está ferido, mas ainda luta.

Voltou suas atenções para as chamas. Não era necessário, elas estavam mais fortes e vivas do que nunca. Porém a culpa o obrigava a continuar velando por elas.

— E não sabemos por quanto tempo poderemos manter o Senhor de Perfain afastado — Estus bebeu um gole de água do seu cantil. — Fico mais seguro se da próxima vez que o encontrarmos tenhamos alguma coisa para barganhar. Ou que a página que Rusc emprestou da Fortaleza não tenha mais uso para nós.

— Você acredita que se devolvermos a página, Perfain nos deixará em paz? — Rusc sorria.

— Nunca — foi a primeira vez que todos sorriram depois do ataque. — Mas podemos destruí-la. Seria uma cena que ele jamais esqueceria — Estus se levantou, a fumaça o acompanhava. — Contudo, não é a ameaça de Perfain ou o risco de em nossa próxima tentativa acontecer algo pior que me faz acreditar que devemos seguir em frente. Jamais seria o medo o que me faria seguir em frente — puxou a fumaça de seu cachimbo e soltou lentamente no ar.

— Não, o que me faz ter certeza que devemos seguir é a confiança que tenho em nossas habilidades. Em minha mente não existe dúvidas de que pegaremos o que viemos buscar e logo Lisael estará sorrindo conosco, porque salvaremos nosso amigo.

Os três ficaram em silêncio. Rusc concentrado em suas chamas, Estus fumando e Aetla ajoelhada ao lado de Lisael. A andarilha olhava o rosto do elfo, como se estivesse buscando por alguma resposta. Algum sinal. De repente se levantou.

— Está bem, — suas palavras não eram firmes como das outras vezes, hesitavam — seguiremos em frente. Mas avançaremos em passo acelerado, sem paradas desnecessárias nem erros — as últimas palavras tinham um gosto amargo. Aetla também se culpava pelo ataque.

Logo fizeram uma maca para transportar Lisael e o grupo estava em movimento.

Caminharam durante toda a noite e quando os primeiros raios do sol iluminaram seus rostos, as pernas fraquejavam, e eles sabiam que não poderiam continuar por muito mais tempo.

— Vamos descansar — a voz de Aetla era firme novamente.

— No sol? — apesar do protesto, Estus já estava sentado na areia e abria seu cantil.

— Você precisa de cuidados — a andarilha se aproximou de Rusc.

Ela tirou a mochila e se ajoelhou. Indicou que o alquimista deveria fazer o mesmo. Rusc atendeu ao pedido. Percebeu que o rosto dela estava suado e o cabelo despenteado colava na pele úmida. Assustou-se quando ela pegou suas mãos.

— Se não tratar, com a areia pode infeccionar — Aetla com um pano úmido limpava as pontas dos dedos de Rusc que estavam em carne viva de tanto espremer o pó escuro. — Tudo que eu preciso agora é de mais um doente — completou sorrindo.

— Para que seja realmente eficiente é preciso que o ingrediente seja adicionado o mais dissolvido possível, por isso uso as pontas dos dedos para tentar esfarelar o máximo.

— Não precisa me explicar, basta permanecer parado enquanto faço os curativos.

Depois de limpar com o pano úmido, Aetla pegou um pequeno frasco com uma solução sem cor e com o mesmo pano a aplicou nas feridas de Rusc. Apesar de grande dor, o alquimista permaneceu em silêncio e sem mexer as mãos. O toque de Aetla era suave e sua presença tão próxima o fazia se sentir desconfortável. Porém, de uma forma agradável.

Os curativos estavam feitos e as pontas dos dedos de Rusc enfaixadas. Logo ele começou a sentir uma sensação de alívio e a dor foi passando.

— Os curativos não vão atrapalhar? — perguntou com delicadeza.

— Não tem problema, talvez eles fiquem um pouco estragados — disse Rusc com um sorriso.

— Faremos novos — Aetla também sorriu e se levantou.

A andarilha caminhou até Lisael e verificou se o elfo se encontrava bem. Respirava sem dificuldade, os cortes estavam limpos e parecia que o veneno não tinha avançado muito. Por um instante Aetla pensou que talvez aquela loucura pudesse funcionar.

Passou a mão pela testa, molhada pelo calor. Pela primeira vez se sentiu cansada. Sentou-se na areia e buscou pelo cantil. A água refrescava apesar de morna. Pegou um pouco de ração e mordiscou, o gosto era azedo. Mas para ela foi como se tivesse acabado de fazer um banquete. Guardou as coisas na mochila e colocou-a sobre os ombros. Era o momento de retomar a caminhada. O tempo não descansa.

****

O local parecia com todos os outros em que tinham estado nos últimos dias. Areia para qualquer lugar que seus olhos estivessem apontados. Porém Aetla, com o mapa de Taqiy nas mãos, afirmava que ali era o local marcado. Estavam nas ruínas da doomsha de Tatekoplan.

— Tem certeza que é aqui? — Estus tinha o rosto queimado e com feridas causadas pelo sol.

— Não me pergunte mais — Aetla falava com dificuldade seus lábios estavam partidos pelo ar seco e era comum que sangrassem. — Eu sempre chego ao destino e se era para estarmos no local marcado no mapa, aqui estamos.

Procuravam por algum sinal. Não sabiam exatamente o que esperar, talvez ruínas de pedras, um muro destruído, qualquer coisa. Algo que indicasse que tinham chegado, porém tudo que viam era areia.

O sol já iniciava seu mergulho no horizonte e Rusc preparava seus ingredientes para trazer as chamas mais uma vez. Lisael permanecia inconsciente, mas agora sua respiração estava fraca, sua pele pálida e pus saía por debaixo das unhas das mãos. O veneno corria por suas veias.

— A noite logo vai chegar, em breve não terei mais ingredientes para fazer as chamas.

— Quanto tempo, Rusc? — Estus preparava o fumo em seu cachimbo.

— Uma noite, talvez duas.

— Boa deusa — murmurou Aetla. — Foi loucura o que fizemos. Condenamos Lisael. Temos de sair daqui. Vamos embora!

A andarilha caminhava inquieta. Os olhos fundos pelo cansaço procuravam o vazio.

— Temos de sair daqui — repetia baixinho enquanto olhava para Lisael.

— Acalme-se, Aetla — Rusc se aproximou com cautela e ofereceu o seu cantil. — Beba um pouco. Estamos todos cansados, mas em breve tudo vai acabar.

— A única coisa que vai acabar é a vida de Lisael! — ela golpeou o cantil, jogando-o para longe. Puxou a espada. — Eu vou levá-lo. Lisael vai comigo e não tentem me impedir. Ainda posso salvar sua vida!

Com estocadas curtas e rápidas ela ameaçava Rusc e Estus e tentava pegar a maca que continha o elfo.

— Chega, Aetla — a voz de Estus ecoou impregnada de uma firmeza que fez a andarilha recuar. — Baixe sua arma. Vamos pensar por um instante. Garanto a você que encontraremos a solução.

Rusc aproximou-se de Aetla que não o atacou e colocou sua mão sobre a dela, com ternura. O alquimista retirou a espada da mão da andarilha e com delicadeza a fez se sentar e os dois ficaram olhando para Estus.

O mago levava o cachimbo na boca, a fumaça saía em baforadas ritmadas, as mãos entrelaçadas em frente do corpo. Murmurava algumas palavras, mas ninguém conseguia escutar o que dizia.

Estus se aproximou dos amigos, o cheiro era intenso e incomodava Aetla que sem perceber abanou a fumaça para longe.

— Perdoe-me pela simples pergunta, — dirigiu-se a Rusc — mas a alquimia não deixaria traços, algum resquício, uma aura talvez, em volta dos objetos que são afetados por ela?

A expressão de dúvida no rosto de Rusc logo desapareceu.

— Compreendo, algo como o que acontece com a magia.

Diante da expressão de dúvida no rosto de Aetla, Estus explicou.

— Quando encantamos um objeto, a magia deixa uma frágil aura que pode ser reconhecida, pode ser vista, quando o feitiço certo é usado.

— Como pegadas — completou Rusc animado.

— Toda a magia deixa um rastro, podemos encontrar um objeto rastreando sua aura mágica.

A andarilha sorriu e se levantou. Era como se o seu corpo tivesse sido inundado por uma onda de felicidade. De esperança.

— Podemos fazer o mesmo com a alquimia?

Com um movimento de cabeça e um largo sorriso, Rusc indicou que sim.

— Imagino que um alquimista como Stenig, com seu conhecimento, ao usar uma fórmula, esta deixaria um rastro forte e claro — Estus dava pequenos passos, andando no mesmo lugar.

— Sem dúvida — Rusc também se levantou. — Não compreendo como não pensei nisto antes.

— Às vezes nossos olhos são cobertos e não percebemos a razão — Estus se virou para Aetla. — Vou me afastar um pouco para a fumaça não a incomodar.

O mago saiu envolto em uma densa fumaça.

— É possível? — Aetla virou-se para Rusc.

— Sim, mas temos uma enorme quantidade de condições para que funcione.

— Sei que você conseguirá — a andarilha colocou a mão sobre o ombro do alquimista.

Rusc escondeu seu sorriso enquanto se afastava com passos rápidos. Foi até sua mochila e retirou uma pequena bolsa de couro, em seu interior uma série de pequenos frascos. Ingredientes selecionados para levar na viagem. Não eram muita coisa, mas o que ele julgava serem essenciais para emergências.

Em um pequeno frasco colocou duas gotas de um líquido esverdeado, uma pitada de um pó que parecia ter sido feito de rubis e uma boa quantidade de água. Posicionou o frasco entre suas chamas mágicas e esperou. Se reparasse com cuidado no rosto do alquimista seria possível perceber um leve movimento de seus olhos, uma marcação de tempo. De repente retirou o frasco e assoprou.

Encostou as costas da mão no vidro e decidiu que a poção estava na temperatura correta. Retirou uma pequena pedra de seu bolso, lisa e arredondada, e mergulhou no líquido que agora tinha uma coloração escura, terrosa.

Movimentou o frasco de uma maneira precisa e pouco usual, seu pulso girava em todas as direções de forma ritmada. Novamente um leve movimento dos olhos marcava o tempo. Sua mão parou por um instante, os olhos contando o tempo, e com um movimento brusco virou o conteúdo do frasco na palma de sua mão. O líquido, agora esverdeado, escorreu por entre seus dedos com dificuldade. Era denso e viscoso. Porém, logo sua pele estava limpa, sem nenhum vestígio da poção. Tudo que restou foi uma pequena pedra, aparentemente igual àquela que Rusc tinha colocado na poção.

— Está feito — Rusc segurava a pedra entre os dedos na altura dos olhos.

Estus e Aetla se aproximaram e também olharam para a pedra. Porém nada acontecia, a pedra permanecia imóvel nos dedos do alquimista.

— E agora? — Estus batia no fornilho do cachimbo, limpando o fumo queimado que caía na areia gelada.

O vento soprava forte, levando os cabelos negros de Aetla e a areia que lentamente se deslocava por entre seus pés. O rosto de Rusc foi iluminado por um brilho dourado, frágil e hesitante, a pedra na palma de sua mão parecia vibrar enquanto emanava os fachos de luz.

— Funciona — o alquimista tentou disfarçar a surpresa em sua voz. — Existem traços de uma alquimia poderosa por aqui, creio que estamos no local certo.

Com passos lentos, Rusc orientou-se pela luminosidade da pedra, que alterava de acordo com a direção que ele seguia. Depois de caminhar algum tempo, parou. A pedra brilhava intensamente em sua mão.

— Aqui é o ponto onde os traços são mais fortes — Rusc olhou para a areia sobre seus pés.

— Cavamos? — Estus coçou a cabeça.

— Não temos como saber o quanto de areia se acumulou sobre as ruínas — Aetla parecia animada.

— Tenho uma teoria — Estus sentou-se na areia. — São poucos os relatos sobre a doomsha de Tatekoplan, porém podemos imaginar como eram as estruturas da prisão. A maioria das construções não passava de tendas, que depois de abandonadas não durariam nada aqui no deserto. Se Stenig deixou os livros nelas, provavelmente estão perdidos para sempre. Duvido que ele tenha feito tal coisa, o alquimista queria que em algum momento seus escritos fossem encontrados, ou não teria tido o trabalho de escondê-los entre outros textos de maneira tão engenhosa nem teria levado dois livros para fora do deserto. Existe uma construção em Tatekoplan capaz de guardar os livros em segurança e fazer com que ficassem a salvo da fúria das areias.

— As masmorras — murmurou Rusc.

— Sim — Estus sorria. — As masmorras eram uma série de corredores que avançavam fundo na rocha. Um local ideal para se preservar artefatos importantes.

— Mesmo que os livros estejam nas masmorras e que saibamos que eles estão embaixo de nossos pés — Rusc olhou para a pedra dourada em sua mão — é impossível sabermos o quanto de areia se acumulou durante todos estes anos.

Aetla se levantou, sacudiu a areia de suas vestimentas e pegou o seu arco. Balançou a arma olhando a madeira, passou os dedos pela corda que estava retesada e depois se ajoelhou e pegou um punhado de areia. Deixou a areia escorrer por seus dedos e atentamente viu como os grãos se comportavam diante do vento.

— Não precisamos cavar — ela ficou de pé e caminhou até Rusc. — Temos alguém que pode fazer a tarefa por nós.

A andarilha colocou a mão sobre o ombro de Rusc e com um leve movimento indicou que ele deveria parar de fabricar as suas chamas. O alquimista olhou para Estus, que com um sorriso apoiou a ordem de Aetla. Logo a escuridão se fez.

— Vocês têm certeza que enfrentar um verme é a melhor maneira de fazer isto? — Rusc segurava um frasco vermelho em suas mãos.

— É a única — Aetla tinha uma flecha pronta em seu arco.

Os três esperaram em silêncio e não demorou até que Aetla sentisse uma leve trepidação do solo, que rapidamente aumentou. Rusc e Estus também começaram a sentir seus pés serem envolvidos por ondas de vibração. A andarilha rolou para o lado e por um instante escapou da explosão de areia. O verme surgiu, a boca aberta mostrando os dentes afiados.

— Seja bem-vindo, maldito — sussurrou Aetla antes de acertar uma flecha no monstro.

O verme se virou para ela e contraiu o corpo preparando o ataque, a boca salivava o veneno, o mesmo que lentamente matava Lisael. Um clarão iluminou a noite quando o frasco de Rusc se chocou contra a criatura e explodiu. Um urro ecoou pelo deserto e a criatura se contorceu enquanto o fogo ardia em sua pele.

Outra flecha da andarilha foi certeira.

Estus mexeu as mãos suavemente, murmurou palavras duras e um facho de chamas saiu da palma de sua mão esquerda. A bola de fogo atingiu o verme que se contorceu, as chamas na pele da criatura iluminaram a noite mais uma vez.

A terceira flecha entrou fundo na carne do monstro desnorteado pela dor causada pelo fogo. Aetla aproveita a hesitação do verme e correu em sua direção. Com um impulso alcançou a primeira flecha, mais um salto e estava na segunda, empunhou sua espada e chegou à terceira flecha. Demonstrando uma habilidade incrível, ela se equilibrou sobre a flecha e golpeou com fúria.

A lâmina da espada entrou fundo na carne da criatura, que se contraiu e tentou virar a boca em direção à andarilha. Rusc jogou mais um frasco e as chamas outra vez explodiram na noite. Com um grito, Aetla cravou a espada no mesmo local, a lâmina atravessou toda a extensão do corpo da criatura.

A cabeça sem vida caiu longe do corpo, o sangue negro manchando a areia. O verme lentamente foi deslizando pelo buraco de onde apareceu. Aetla já estava no chão, ajoelhada, apoiando-se em sua espada, ofegante.

— Um feito impressionante — foi tudo que Estus conseguiu dizer.

— Vamos — Rusc se precipitou para o buraco. — Não podemos perder tempo.

— É seguro? — Estus olhava para o buraco que o corpo do verme formou. — Como vamos saber que não seremos soterrados pela areia?

— O corpo deles deve soltar algum tipo de substância que mantém a areia afastada — Aetla se aproximou. — Deve ser seguro.

— Ela está certa ou a areia já teria deslizado e preenchido o buraco.

Rusc se preparava para saltar no buraco quando Aetla o segurou pelo ombro.

— Você deve ficar aqui — Rusc tentou protestar, mas Aetla prosseguiu. — Alguém deve ficar e garantir que Lisael esteja em segurança. Não podemos arriscar um novo ataque e suas chamas são a nossa melhor opção.

O alquimista pensou por um instante, abriu a boca, mas nenhuma palavra de protesto saiu.

— Você está certa — deu uma última olhada para o buraco. — Tomem cuidado lá embaixo.

Um leve tapa no ombro de Estus e um olhar terno para Aetla foram a despedida do alquimista.

Ele se afastou e foi ficar ao lado de Lisael. A última coisa que viram antes de enfrentar o desconhecido foi Rusc mais uma vez preparando seus ingredientes para criar suas chamas.

****

A tocha iluminava as paredes de pedra, o ar era carregado de poeira, quase podia se sentir o passar do tempo. Não é possível dizer quando foi a última vez que aquele lugar viu alguém caminhar por sobre as pedras irregulares de seu chão.

O corpo do verme se estendia para um lado e Estus e Aetla estavam ofegantes do esforço necessário para retirar a criatura do caminho. Empurraram por um bom tempo até conseguirem chegar à construção. Mas estavam ali, no calabouço da doomsha de Tatekoplan. Um lugar amaldiçoado e de onde poucos conseguiram sair com vida.

— Estamos nas celas — Estus caminhou em direção a uma das portas de ferro que estava aberta.

— O que você está fazendo?

— Precisamos procurar pelos livros — o mago já estava entrando na cela.

— Os mortos devem ser deixados em paz — Aetla passou a mão por sua testa em sinal de respeito, um costume antigo.

— Se Stenig esteve preso aqui — recuou da porta — os livros devem estar em uma das celas.

— Até onde me recordo, o poder de Stenig aqui dentro, apesar dos esforços do Bruxo, era grande — Aetla deu alguns passos na direção contrária de Estus. — O alquimista nunca esteve preso. Sempre se posicionou de maneira que fosse considerado homem de confiança dos guardas. O gnomo era astuto. Ele deveria ter um local seguro, protegido, mas que pudesse consultar a qualquer momento. Não seria em uma cela.

A andarilha se movia com segurança, como se já estivesse estado naquele lugar antes.

— Não, Stenig não esteve aqui como prisioneiro — mexia a cabeça de um lado para o outro, procurando por alguma coisa. Sorriu ao olhar através de uma porta de madeira. — Um cozinheiro seria perfeito. Se tivesse que adivinhar, diria que Stenig era responsável pela alimentação dos prisioneiros.

Ela iluminou o interior do cômodo e a luz da tocha revelou panelas, uma mesa grande de madeira e um fogão à lenha. Uma cozinha.

— Aqui — ela entrou na cozinha — um cozinheiro não teria problema em trabalhar com ervas e ingredientes. Além do mais a comida vinha de outro lugar, não do deserto, portanto as caravanas de provisões deveriam ser uma boa forma de os membros da resistência receberem e enviarem contrabando.

Com a tocha à frente, Aetla caminhava confiante, desviando de cadeiras, cestos e outras coisas que estavam no chão. Estus acompanhava a andarilha, tentava seguir o raciocínio dela e em sua mente as palavras faziam sentido. O mago estava impressionado com a rapidez com que ela chegou à conclusão e o conhecimento que tinha sobre Stenig e a doomsha.

Com cuidado ela passou as mãos por uma antiga porta, estava suja com poeira e fuligem, não encontrou nenhuma maçaneta ou fechadura.

— Acho que está só emperrada — murmurou antes de dar um encontrão na porta, que se escancarou.

A abertura revelou um cômodo pequeno, com inúmeras estantes de madeira, a maioria apodrecida ou quebrada. Algumas desafiavam o tempo e se mantinham intactas e até mesmo guardando alguns frascos de vidro e potes.

— Uma espécie de despensa — Estus olhava por cima do ombro da andarilha. — Se sua teoria está certa, e há boas chances disso, a despensa seria o lugar ideal para Stenig esconder seus livros. Poderia consultá-los com certa privacidade e — o mago olhou com mais cuidado e de repente apontou para um ponto específico na parede — ali!

O local apontado pelo mago era próximo ao chão, em um canto onde não existiam prateleiras. As pedras estavam escuras, manchadas com algo que lembrava fuligem. Estus passou por Aetla e entrou no diminuto cômodo. Apoiou-se sobre um dos joelhos e analisou a mancha negra. Sentiu a parede com a ponta dos dedos e depois aproximou os dedos do nariz. Cheirou.

— Tabaco.

— Como?

O mago sorriu. Sentou no chão e tirou seu cachimbo do bolso. Com a mão direita tateou embaixo da prateleira mais próxima até encontrar uma pequena bolsa de couro antiga. Ele abriu e derrubou o conteúdo no chão. Tabaco velho. Sem esconder a surpresa Estus olhou para Aetla.

— Ele realmente esteve aqui — o mago ofereceu a bolsa para a andarilha que imediatamente reconheceu o símbolo gravado no couro. O pequeno morcego de Stenig. — Deveria sentar aqui para fumar e estudar.

Por um breve instante os dois ficaram em silêncio. Imaginando que naquele exato local, alguém perseguido, caçado e depois torturado conseguiu realizar feitos incríveis. Um pequeno gnomo que tinha na inteligência sua maior arma. Que enfrentou e derrotou o temível Bruxo, salvou a vida de milhares de pessoas e arriscou a sua para que Breasal pudesse viver livremente.

— E agora? — Aetla quebrou o silêncio.

— Se Stenig estudava aqui, seus livros devem estar em algum lugar próximo.

A andarilha indicou que Estus deveria sair dali e segurar a tocha. O mago prontamente atendeu e posicionou o fogo de uma maneira que proporcionasse a melhor luz para a andarilha.

Ela retirou suas luvas e colocou as mãos sobre as pedras da parede. Seus dedos se moviam com agilidade e os olhos permaneciam fechados. Começou pela prateleira em que Estus encontrou a bolsa de tabaco, os dedos procuravam por qualquer vão, mecanismo ou anormalidade. Foi um trabalho de incrível paciência, para ponta dos dedos da andarilha o pequeno cômodo parecia enorme. E, quando Estus estava prestes a dizer que eles deveriam buscar os livros em outro local, os dedos pararam. Com calma ela pegou uma pequena ferramenta de aço do seu cinto — a peça de couro que envolvia sua cintura era feita com pequenos bolsos que levavam as mais diversas ferramentas que auxiliavam Aetla em suas jornadas.

As mãos se mexiam ritmadas. Por breves instantes a andarilha fechava os olhos e aproximava um dos ouvidos da parede. Um fio de suor escorreu por sua testa. Um barulho ecoou em suas costas e Estus se moveu, por instinto afastou a tocha e se virou para a cozinha.

— Desgraçado — ela murmurou enquanto escutava o mecanismo entrar em funcionamento. A falta de luz momentânea somada ao cansaço da viagem tiraram a concentração da andarilha e ela cometeu um erro.

A luz que Estus jogou sobre a cozinha não revelou nada fora do comum e, quando voltou a tocha para a despensa, encontrou Aetla no chão.

Um ferimento em seu rosto fazia o sangue escorrer pelo pescoço e manchar suas vestimentas. No ombro esquerdo, um dardo cravado fundo na carne e a mão direita estava perfurada no centro da palma.

— O que aconteceu? — Estus se ajoelhou para ajudá-la.

— A armadilha venceu — ela apontou para a parede onde uma abertura tinha aparecido e no interior, uma pilha de livros. — Entregue minha mochila, preciso cuidar destes ferimentos logo.

O primeiro impulso do mago foi correr até a pilha de livros, mas ele se virou para pegar a mochila quando algo lhe atingiu. Assustado olhou para o local do impacto e viu um tipo de massa que lembrava carne putrefata. Imediatamente sentiu uma forte dor, como se sua pele estivesse queimando. Um gemido o levou a olhar para a frente.

Duas criaturas manquitolavam em sua direção. Uma delas tinha o rosto descarnado em um dos lados, revelando os ossos amarelados e os dentes afiados. A pele era acinzentada, lembrava os mortos. Os olhos não tinham íris, eram apenas duas enormes bolas esbranquiçadas, como se estivessem cheias de névoa. Um deles cravou suas garras no abdômen do outro e arrancou uma porção de carne podre. A criatura arremessou a massa de carne contra Estus.

O mago pulou para o lado e conseguiu escapar. O ferimento em sua pele doía tanto que ele não conseguia se concentrar na magia que gostaria de usar. A outra criatura fez o mesmo: agora coletando carne na perna de seu companheiro, levantou o braço e preparou o arremesso.

O morto-vivo deu dois passos para trás, deixou a massa de carne cair no chão e quase perdeu o equilíbrio com o impacto da flecha. O projétil de Aetla entrou fundo na cabeça da criatura. Um tiro perfeito. Como se nada tivesse acontecido, novamente ele buscou por um punhado de carne podre e preparava um novo arremesso.

O fogo cortou o ar, formando um rastro de luz por onde passava e as chamas envolveram a criatura que se debatia. O morto-vivo caiu no chão e rolava em desespero, não emitia nenhum som e o cheiro era insuportável. O segundo monstro avançou em direção ao mago, garras à frente, arreganhando os dentes. Aetla surgiu ao lado de Estus e usou a tocha para atear fogo no inimigo, que fez o mesmo que o primeiro. Caiu no chão se contorcendo até lentamente diminuir os movimentos e morrer.

Aetla desabou, o ferimento no rosto estava com um curativo, o dardo permanecia cravado no ombro e a perfuração na mão sangrava em abundância. Estus a amparou.

— Veneno? — mago perguntou.

— Acho que não — ela murmurou.

Vários passos ecoaram pelos corredores. Gemidos vinham de todas as direções.

— Temos de sair daqui — Estus ajudava Aetla a caminhar — e os livros?

A andarilha deu dois tapinhas na mochila e sorriu.

Seguiram pelo caminho que levava até o túnel cavado pelo verme. A luz da tocha dava a impressão que as paredes e o chão se moviam e de cada ponto escuro do caminho poderia surgir uma nova ameaça.

— Estão se aproximando — Aetla estava fraca, os passos desordenados faziam o avanço ser lento — não poderemos lutar com todos.

Ela tirou a mochila de couro do seu ombro e colocou no ombro do mago.

— Qualquer coisa, leve os livros. Eu os atrasarei. Quando estiver subindo pelo túnel use isto — entregou uma adaga para Estus — para destruir a barreira criada pelo verme, a areia vai selar o buraco.

Estus arrumou a mochila em seu ombro e segurou a arma com firmeza.

— Vamos sair daqui juntos. Eu, você e os livros.

Chegaram à entrada do túnel e viram as primeiras criaturas. Eram idênticas as duas que tinham encontrado na cozinha. Humanos, elfos, kuraqs, anões, alguns antigos cativos outros carcereiros, agora transformados em criaturas sem vida, caminhando sem rumo pelo antigo calabouço. Rostos desfigurados, ossos à mostra e olhos esfumaçados, guiados pelo olfato tentavam se aproximar da carne suculenta e o sangue quente de Estus e Aetla.

A andarilha caiu no chão, as pernas pesadas não obedeciam aos seus comandos.

— Acho que eu estava errada — ela apertava as coxas massageando o músculo — os dardos tinham veneno. Não sinto mais as pernas.

— Ainda pode atirar?

Ela assentiu com um rápido movimento de cabeça. Estus pegou a mulher em seu colo. O esforço era tremendo e o mago não sabia por quanto tempo aguentaria, mas não existia outra opção. Ele tinha de tentar tirá-la daquele lugar maldito. Aetla pegou seu arco e por cima do ombro de Estus atirava nos mortos-vivos que se aproximavam. As flechas não matavam, mas atrasavam a marcha das criaturas — quando a andarilha tinha sorte o impacto fazia o inimigo cair e derrubar outros mais.

Aetla olhou para cima e viu as estrelas, algumas nuvens passeavam por lá e o céu já dava os primeiros sinais de que o dia estava chegando. Quase lá. A areia fofa atrapalhava os passos de Estus, em vários pontos o pé do mago entrava fundo no chão demandando um grande esforço para continuar. Sentiu que não teria força para seguir adiante. O joelho direito foi o primeiro a encostar no chão, depois o esquerdo e finalmente sentiu a areia em seu rosto.

— Rusc! — a andarilha tentava atirar, mas seus dedos estavam cansados — Rusc! Socorro!

Ela gritava olhando para as estrelas, sempre gostou delas. Seu pai era pescador e costumava dizer para ela que sempre que a esperança estiver acabando ela devia olhar para as estrelas. Sua luz prateada mostraria o caminho e tudo ficaria bem.

Sentiu que alguma coisa tinha agarrado seu pé e lentamente a puxava. Tateou por seu arco, mas sua mão só encontrava areia. Olhou para baixo e viu o rosto de um elfo, um dos olhos era um enorme buraco negro e sua bochecha tinha uma ferida com pus amarelo. A criatura arreganhava os dentes, preparando a mordida.

A última coisa que Aetla viu foi um enorme

clarão lá em baixo. Estus tentou mantê-la acordada, chacoalhava seu ombro, mas os ferimentos venceram a batalha e a andarilha perdeu os sentidos.

Os gritos de Aetla chegaram fracos aos ouvidos de Rusc, mas foram o suficiente. O alquimista deixou sua vigília e saiu correndo em direção ao túnel. Desceu a passos largos, atirando seus frascos explosivos em qualquer coisa que se mexesse. O fogo foi se espalhando, iniciando um grande incêndio na estrada do antigo calabouço. As criaturas caíam e rolavam pelo túnel. Rapidamente alcançou Estus e viu Aetla desacordada na areia. O alquimista pegou a andarilha nos braços.

Estus levantou-se e pegou a mochila com os livros e o arco de Aetla. Os dois ficaram olhando as chamas que agora formavam uma barreira entre eles e as criaturas. O interior do calabouço era uma confusão de fogo e carne queimada.

— Que segredos e mistérios estas paredes guardam — os olhos de Rusc estavam fixos nas chamas.

— Talvez seja um risco grande demais para descobrir.

— Talvez, meu amigo, mas já conseguimos uma vez. O que nos impediria de tentarmos novamente?

— A prudência?

— Acho que depois desta nossa pequena aventura, podemos desconsiderar tal palavra.

Areia começou a escorrer por entre os pés dos aventureiros e rapidamente o túnel se desfez. Foi preciso um grande esforço para escaparem do deserto que devorava tudo que encontrava. Quando chegaram à segurança da superfície, o sol timidamente aparecia no horizonte e mais um dia começava em Tatekoplan.

****

A luz entrava por largas janelas, um passarinho cantava lá fora e ele sentiu que seu corpo descansava sobre algo macio. Lisael moveu a cabeça e viu Aetla deitada em uma cama ao seu lado. Procurou por mais alguém, mas não encontrou, os outros leitos estavam vazios. Sentou-se e sentiu a cabeça rodar. Passou a mão pelo ombro enfaixado e dolorido. Tentou levantar, mas caiu sentado na cama. Desistiu. Era um esforço além de sua capacidade.

— Olá? — arriscou.

Logo pela porta entrou um anão de barba negra que levava o símbolo de Venish pendurado no peito. Com gestos rápidos o padre pediu que ele se deitasse. Lisael obedeceu e aceitou o cantil que continha um líquido viscoso e de gosto terrível. O rosto do elfo se contraiu.

— Não reclame, será bom para você — Estus entrou pela porta sorrindo. — Ajuda a expelir o veneno.

— Estus! Como está Aetla? E Rusc?

— Fique tranquilo, Aetla está se recuperando e Rusc vai bem, logo estará conosco — o mago sentou-se em uma cadeira ao lado da cama.

— E nossa jornada?

— Um desastre, como pode perceber — Estus sorriu e apontou para o elfo, a andarilha e mostrou que na altura das costelas ele também tinha um curativo. — Mas encontramos o que fomos buscar.

— E? — Lisael tentou levantar, mas foi impedido pelo padre.

— Meiev e Elessin estão aqui.

Lisael arregalou os olhos.

— Estudos precisam ser feitos, mas ainda precisamos de uma última peça do quebra-cabeça.

— O segundo livro que Taqiy mencionou, o livro que está perdido.

— Precisamente — o mago tirou o cachimbo do bolso.

Antes que Estus pudesse alcançar sua bolsa de tabaco o anão fez sinal para que ele saísse dali. Era proibido fumar no recinto. O mago assentiu e se despediu de Lisael com um aceno antes de sair com passos rápidos pela porta.

Lisael sentiu os olhos pesados e, por mais que sua mente fervilhasse com as novidades, adormeceu.

****

A igreja tinha dois edifícios. Uma capela onde os padres rezavam todos os dias para Venish, o deus da terra. Grandes janelas pelas quais a luz do sol entrava em abundância e iluminava o chão de terra onde os padres se ajoelham e pediam para que Venish fosse generoso com Breasal. Flores coloridas e plantas de um verde intenso cresciam no interior. O outro era um casarão de dois andares onde ficavam os quartos, despensa, cozinha e uma sala de cura. As igrejas do deus da terra eram conhecidas por receberem viajantes enfermos que precisavam de cuidados e por oferecerem sua hospitalidade e habilidades de cura em troca de uma pequena doação.

Uma grande horta era responsável pelo alimento dos padres e um deles, chamado Levt, um sujeito bonachão com uma grande cicatriz no braço, de tempos em tempos caçava alguma carne. Mas basicamente viviam do que a terra lhes proporcionava, e sendo padres de Venish suas plantações eram das mais vistosas do mundo. A igreja ficava em algum ponto entre a cidade de Gram e Tatekoplan, era a única construção visível por dias de caminhada. Um resquício de tempos antigos assim como Venish, antes o deus mais adorado e popular de Breasal, agora seus seguidores não passavam de um punhado, sempre esquecidos, em igrejas espalhadas por lugares ermos.

Sobre a mesa estavam pratos de comida e garrafas de vinho. Na cabeceira Krondat, um humano com rugas no rosto e olhos cansados, pedia que todos baixassem a cabeça em uma prece. Do lado esquerdo do chefe da pequena igreja estavam Meiev, Rusc e Aetla. Na direita sentavam-se Elessin, Estus e Lisael. O pequeno grupo se preparava para almoçar, era o quarto dia que Krondat hospedava algumas das mentes mais instigantes de Breasal.

Foram breves palavras que os visitantes respeitaram em silêncio. Como mandava a tradição, Krondat bebeu um gole do vinho, serviu-se de algumas verduras e somente depois os convidados poderiam se alimentar e falar.

O cheiro de carne assada era estranho para os padres, mais muito bem-vindo para os viajantes. Krondat deixou a carne de lado, porém os visitantes se serviram de fartas porções.

— Levt me informa que nossa pequena congregação recebeu alguns visitantes na última noite — disse o padre depois que o último convidado se serviu. — E não eram viajantes buscando por hospedagem — tomou um gole de vinho. — Espiões espreitam meus muros. E eu gostaria de saber a razão.

Os hóspedes da igreja se olharam um esperando que o outro respondesse ao padre. Mas a verdade é que nenhum deles sabia se Krondat era confiável, de fato não sabiam se qualquer pessoa fora do grupo conseguiria lidar com o tipo de conhecimento que carregavam.

— Compreendo — o padre entrelaçou os dedos e pousou as mãos sobre a mesa. — Posso facilitar um pouco as coisas. O Senhor de Perfain procura por vocês, são os espiões dele que batem em meu portão. Tenho em minha mesa um dos maiores alquimistas de Breasal, provavelmente o futuro Mestre da Biblioteca de Krassen, e viajantes que enfrentaram Tatekoplan e venceram. Seus ferimentos, os venenos antigos, são coisas que não víamos há muito. E temos os livros, preciosos tomos que são exaustivamente estudados e protegidos — tomou um longo gole de vinho. — Seja qual for o conteúdo destes livros, deve ser importante. Na verdade, para fazer o senhor de Perfain deixar a fortaleza é porque estamos diante de algo fabuloso — vendo o espanto de Estus e Rusc, o padre sorriu. — Sim, eu sei dos acontecimentos em Mayulhung. Não pense que por estarmos aqui, longe de tudo, não sabemos o que se passa no mundo. Gostaria de lembrá-los que o Deus da Terra já foi o maior de todos e dificilmente todo esse poder é perdido. Ainda temos algumas cartas na manga.

— Sempre achei que as igrejas de Venish eram locais seguros, — Meiev tinha no rosto uma expressão fechada — um lugar onde se poderia contar com uma mão amiga quando nenhuma outra estaria estendida.

— E assim é e assim sempre será — o padre sorriu por polidez. — Minha curiosidade é motivada pelo meu desejo em ajudar. Sabemos lidar com Perfain, já fizemos isso antes, podemos ajudá-los com o seu problema. Em troca, evidentemente, seria um prazer manter os livros aqui em nossa modesta igreja.

Ninguém respondeu às palavras de Krondat. O padre se deu por satisfeito e também nada mais disse.

Após o jantar o padre se retirou para seus aposentos e deixou os visitantes em um pequeno jardim com cadeiras e uma mesa de ferro. Um noviço trouxe um bule de chá e xícaras. Tudo fazia parte do pequeno plano de Krondat, os visitantes precisavam de um momento para discutir e considerar a proposta, então o padre estava lhes dando este tempo.

As árvores formavam uma parede de folhas e no alto as copas se tocavam, construindo um telhado que protegia quem repousava no interior. Era como se alguém tivesse usado as árvores para esculpir uma casa.

Estus permanecia em pé, preparava um chá e assim que abriu o bule um aroma agradável tomou conta do ambiente. Depois de colocar sua xícara sobre a mesa e acomodar-se em uma das cadeiras, o mago pegou seu cachimbo e encheu o fornilho com tabaco. Aetla percebeu na pequena bolsa de couro que Estus guardava o fumo o mesmo desenho que tinha visto no calabouço. Um pequeno morcego. O mago ofereceu o tabaco para os outros, Meiev aceitou. O alquimista tinha um pequeno cachimbo de madeira escura nas mãos.

— É uma decisão complicada que temos a tomar — o gnomo sentou-se e aceitou a chama de Estus para acender o cachimbo. — Deixar os livros aqui seria um grande risco, podemos nunca mais vê-los.

— É possível que Krondat descubra as anotações ocultas de Stenig?

— É muito difícil prever, Lisael, mas se ele souber o que está procurando, creio que seja apenas uma questão de tempo.

— Com a ajuda do Senhor de Perfain, será rápido — Rusc cuspiu as palavras, com desdém.

— Não posso imaginar por que uma igreja de Venish aliaria forças com alguém como Perfain — a voz de Aetla ainda era hesitante. O veneno dos dardos quase levou a vida da andarilha.

— Como Krondat disse, Venish passou do auge para o esquecimento. Esta igreja deve ter passado por tempos amargos — Elessin também tinha um cachimbo entre os dedos magros — falta de dinheiro e principalmente de prestígio. O desespero de quem quer retornar ao auge é sempre mais cruel.

É fácil nos acostumarmos com a fama e depois que sentimos seu gosto, deixamos nos envolver, não conseguimos mais viver sem ela. E fazemos qualquer coisa para retomá-la.

— Até nos aliarmos com alguém como o senhor de Perfain — completou Rusc.

— Se olharmos a questão por outro lado, pode ser uma coisa boa — Estus estava envolto na névoa densa formada por seu cachimbo e parecia que as folhas e galhos se afastavam, fugindo da fumaça. — Meiev, você consegue copiar todas as informações que Stenig escondeu nos livros? — O gnomo assentiu com um sorriso e compreendeu aonde o mago queria chegar. — Então estamos seguros, eu digo para deixarmos os livros aqui, uma vez que Meiev tenha copiado tudo que seja útil para nós. E que Krondat resolva o problema com Perfain.

— Faz sentido — Rusc tocou delicadamente uma folha que pareceu aceitar o carinho. — Perfain é um problema de que não temos como nos livrar e se Krondart quer nos ajudar com esta questão, que ajude. Por mim, deixar os livros, sem perder as informações de Stenig, é um preço baixo a se pagar.

— A ideia de Perfain ter estas informações me dá arrepios — Meiev se serviu de chá.

— A mim também, prefiro estar morto antes de colocar algo tão precioso no colo de alguém que sempre está à procura de uma oportunidade de conseguir conhecimento da maneira mais fácil, roubando — Estus tomou um pequeno gole de sua xícara — mas é aí que está a beleza do plano. As únicas pessoas que sabem que falta um último livro para completar o texto oculto estão aqui.

— E Taqiy — o comentário de Elessin fez todos se animarem.

— Claro, claro — disse Estus entre risadas — mas o ponto é, mesmo que o Senhor de Perfain tenha acesso aos livros e descubra que existe um texto oculto, ainda precisaria quebrar o código. Temos de lembrar que em nossa companhia está um dos maiores alquimistas que o mundo já viu, — Meiev agradeceu ao elogio levantando sua xícara como um brinde — por isso a possibilidade de Perfain não conseguir quebrar o código de Stenig é real e nada impossível. Mesmo desvendando o mistério, creio que seria preciso muito tempo para perceberem que falta um livro.

— Sim, tempo suficiente para que encontremos o livro antes — Lisael falava com alegria. Ele nunca pensou que após quase ter morrido, ansiaria para voltar para a estrada, enfrentar o perigo e estar em uma nova aventura. Mas a chance de voltar fazia seu coração acelerar.

— Sem dúvida a possibilidade de ter Perfain fora

de nosso caminho é tentadora, mas antes de deixarmos os livros jogados em uma igreja esquecida, devemos nos perguntar se Krondat realmente tem tal poder. Fazer Perfain se esquecer de um roubo, não me parece algo tão simples assim.

— Já fala como um verdadeiro Mestre da Biblioteca — Estus afastou a fumaça de seu rosto.

— Odeio admitir, mas não podemos ignorar a oportunidade. Perfain é um inimigo poderoso e qualquer chance que tenhamos de escapar deve ser aproveitada. Mesmo que seja remota, a negociata de Krondart atualmente é nossa melhor chance de resolver o problema.

— Não me importo que Venish fique com os livros, é uma igreja antiga e honrada. Claro, os livros chegarão nas mãos do senhor de Perfain, mas é um pequeno preço a se pagar — Rusc retirou a página de livro roubada, o pequeno pedaço de papel que desencadeou a sequência de eventos que os levou a estar ali, no jardim de uma igreja esquecida. Colocou a preciosa página sobre a mesa. — Estamos na beira de descobrir algo muito maior e tenho certeza que chegaremos antes de Perfain.

— É um plano arriscado, — Aetla não tomava chá — porém tudo que fizemos até agora foi arriscado e com poucas chances de funcionar e ainda assim aqui estamos. Mas existe uma questão que me incomoda. Concordo que, sem o último livro, Perfain não conseguirá desvendar o segredo de Stenig, mas se a fortaleza estava de posse de um dos livros, como saberemos que já não está com o outro também?

A fumaça dos cachimbos de Estus e Meiev se entrelaçava no ar, dançando ao sabor do vento, quase como uma luta enquanto o grupo ponderava em silêncio as palavras da andarilha.

— Perfain não tem o livro — a certeza na voz de Rusc era quase tangível de tão forte.

— Como você pode saber? — a reação de Aetla foi instintiva e as palavras saíram mais ríspidas do que ela desejava.

— Eu estive lá.

— Mas como pode ter certeza?

— Porque, Aetla, se os livros estivessem lá, não seria apenas uma folha sobre a mesa, mas duas.

E assim a discussão acabou. Estava decidido que Perfain não tinha o segundo livro.

— Uma vez que Meiev decifre o texto do último livro, destruímos tudo — Rusc apontou para a folha que se remexia com o vento sobre a mesa de ferro — e o texto completo fica sob os cuidados de Taqiy e a Biblioteca.

— Gostaria de ver se o Senhor de Perfain teria coragem de desafiar a Biblioteca — Elessin sorria com a ideia.

— Estamos de acordo?

Ninguém arriscou discordar.

— Então está decidido, boa noite a todos.

Rusc fez uma reverência e deixou o grupo entre as árvores abençoadas de Venish.

****

A construção era antiga, as pedras castigadas pelo tempo e cobertas de musgo verde escuro. Tudo que restava era apenas uma das paredes, com uma janela, um vão do que deveria ter sido uma porta e alguns trechos que não passavam da altura de uma criança. A grama cresceu por todo o chão, invadindo o espaço das pedras retangulares e era impossível determinar o que aquele lugar fora um dia.

Protegida do vento, Aetla cozinhava um coelho em uma pequena fogueira, Lisael fazia companhia para a andarilha. Alguns passos dali, mais à frente, olhando o vale profundo estavam Estus e Rusc. O alquimista segurava um pedaço de pergaminho nas mãos.

— Não podemos errar — Rusc procurava alguma coisa no horizonte. — Perfain está em nosso encalço e se perdermos tempo encontrará o livro antes de nós.

— Maldito Krondat! — Estus segurava o cachimbo apagado, as chamas já tinham consumido todo o tabaco.

— Pelo menos ainda não nos atacaram — o alquimista deu de ombros — de certa forma o padre cumpriu sua parte do acordo.

— Ainda assim, o livro nem esquentou em suas mãos e já foi para a fortaleza. Eu esperava uma vantagem maior.

— Krondart não me preocupa, o padre terá o que merece — Rusc dobrou o pergaminho e guardou em seu bolso. — O que me preocupa é se as informações que Taqiy nos enviou são precisas.

— Creio que não poderia existir uma pessoa melhor para nos falar sobre livros do que a Mestre da Biblioteca de Krassen — desta vez Rusc não sorriu das palavras do mago. — Se Taqiy nos enviou o pergaminho é porque ele nos mostrará o caminho.

— Ainda me pergunto como você e seus amigos conseguem fazer a informação andar com tanta velocidade.

Desde que tinham partido da igreja de Venish, Estus convocara seus amigos, o grupo que começava a ser denominado Basiliscos, para ajudar. Varr, Krule, Kólon, Wahori e Ligen ajudavam em tudo que fosse necessário, mas sua principal tarefa era fazer a comunicação entre a Biblioteca em Krassen, Meiev em seu laboratório e os viajantes. E realizavam tal empreitada com uma eficiência que deixava todos espantados pela rapidez com que as mensagens eram entregues e a velocidade que os Basiliscos conseguiam se comunicar entre si.

— Este, meu amigo, é um segredo que até mesmo você terá problemas em conseguir desvendar — Estus começava a limpar o fornilho de seu cachimbo.

Agora o alquimista sorriu. Os raios do sol batiam nas águas calmas da lagoa de Vitmu e refletiam nos olhos dos dois viajantes, que usaram as mãos para se proteger.

— Lugar bonito, não? — Rusc estava impressionado com a beleza que encontrara no reino humano de Mentio.

— Sim, admirável, nunca tinha visitado a região — Estus passou a mão pelo rosto, estava cansado e sentia falta de uma poltrona e de uma boa leitura. — Creio que Taqiy está certa, seguir os passos de Stenig após sua saída de Tatekoplan é nossa melhor chance de descobrir onde o livro pode estar.

— Concordo — mais uma vez Rusc olhou para o pergaminho. — O que me preocupa é como podemos ter certeza de quais locais ele visitou?

— Só existe uma maneira, — o mago indicou que Lisael os chamava para comer — vendo com os próprios olhos.

Os dois seguiram a passos lentos em direção ao

elfo. A jornada se estendia por um longo período de tempo e todos do grupo já demonstravam sinais de cansaço. Até mesmo Aetla, acostumada a estar sempre na estrada, desejava por um descanso e um pouco do conforto de sua casa. Porém, nenhum deles deixaria que o Senhor de Perfain levasse a melhor, que a Fortaleza chegasse antes ao último livro de Stenig. O segredo pertencia a eles. Tinham lutado e se arriscado por aquilo e não deixariam ninguém tomar isso deles.

Encontraram uma bela refeição, Lisael já mordiscava um pedaço e Aetla bebia vinho. As condições ali, no norte do mundo, eram muito mais favoráveis que no deserto. Antes de se servir de carne, Rusc entregou o pergaminho para a andarilha que limpou as mãos na roupa antes de pegá-lo.

O pergaminho que Rusc tinha analisado com tanto cuidado foi entregue por Krule, padre de Artanos e amigo de Estus, naquela manhã. Era uma mensagem de Taqiy. Em sua caligrafia alongada a Mestre da Biblioteca contava que suas pesquisas indicavam que Stenig assim que saiu da doomsha de Tatekoplan seguiu diretamente para o norte. O alquimista queria visitar o túmulo de um querido amigo que morreu durante a batalha contra o Bruxo.

— Nossa jornada nos revela alianças improváveis — comentou Aetla depois de ler a mensagem.

— Por que diz isso? — Rusc limpou a barba suja de molho com as costas da mão.

— Taqiy nos conta que Stenig veio para o norte para visitar o túmulo de um amigo chamado Stringidad — a andarilha dobrou com cuidado o pergaminho e o devolveu para Rusc. — Este nome às vezes é associado à Água Negra.

— Água Negra? — Estus arregalou os olhos. — Como é possível?

— Não posso afirmar que seja isso, mas é o que alguns boatos falam — Aetla nasceu em Golloch, o reino humano do extremo norte e conhecia muito bem a região.

— Não é o que importa no momento — Rusc guardou o pergaminho. — Temos um destino. Consegue nos levar até lá?

A mensagem de Taqiy descrevia alguns pontos geográficos e Aetla acreditava que os conhecia. Por isso respondeu sem hesitar que os levaria ao túmulo.

— Então, como Estus me disse agora há pouco, só nos resta ver com os próprios olhos se o livro realmente está lá.

Terminaram a refeição e assumiram as posições que já pareciam tão familiares a eles. Aetla na frente, indicando o caminho, depois Rusc e Estus, sempre conversando, e por último Lisael. O elfo revelou ser um talentoso vigia, seus olhos e ouvidos conseguiam detectar qualquer coisa suspeita.

Desceram a colina e margearam o Vitmu por um trecho. Suas águas eram calmas, quase paradas e refletiam as árvores que cresciam do lado esquerdo. Pinheiros altos e de folhas escuras. Um gramado fino, verde vivo e que crescia até a altura de seus joelhos cobria todo o resto do terreno.

— É longe? — Estus usou uma lasca de cedro e o estalar de seus dedos para criar a chama e acender seu cachimbo.

— Não, antes de anoitecer estaremos lá — Aetla seguia com passos firmes.

Com apenas uma parada para descansar as pernas e beber um pouco de água, o grupo se aproximou de um pequeno bosque. O sol quase encostava-se à linha do horizonte e a luz ainda brilhava forte.

O lugar tinha algo, nenhum deles sabia apontar o que era, mas de alguma forma os afastava. Fazia com que quisessem estar o mais longe possível. As árvores de troncos e galhos opacos, quase brancos e todo retorcidos, como se um redemoinho os tivesse castigado. Inconscientemente, à medida que se aproximavam, encurtavam os passos. Não conseguiam ver uma brecha entre os troncos, um local que pudessem passar para o interior do bosque.

Quando estavam a mais ou menos vinte passos, pararam.

— Não consigo ver uma entrada ou trilha para o interior — Rusc olhou para o sol, queria saber quanto tempo de luz ainda tinham. — Vamos ter de abrir caminho.

— Você quer dizer cortar as árvores? — Lisael buscou por seu cantil de água.

— Não vejo outra alternativa, temos pouco tempo de luz.

— Não acho que seja uma boa ideia — o elfo encarava as altas árvores.

— Por quê?

— Não sei — Lisael deu de ombros. — Não parece certo.

— Venham aqui — Aetla estava afastada deles, agachada sob uma enorme árvore, parecia um cedro.

Os três se aproximaram e viram que existia um buraco entre as raízes, grande o suficiente para uma pessoa passar. O espaço era apertado, mas não tiveram dificuldades.

O interior do bosque era escuro e úmido. Os aventureiros escorregavam no chão de terra molhada, uma lama escura e pegajosa que em alguns pontos chegava até seus tornozelos. Em cima de uma árvore dois melrots se fartavam de uma carcaça. Agitaram suas asas de penas negras quando passaram por eles.

Um deles piou e seu canto lembrava o lamento de uma criança. Um arrepio percorreu a pele dos viajantes. Melrots são aproveitadores, atacam quando tem certeza que não irão perder, quando a presa não tem a menor chance de revidar. Dois deles não representavam perigo, mas se tivessem grupos maiores no bosque, poderiam ter problemas. Grandes problemas.

Apressaram o passo, queriam sair o quanto antes de perto das aves agourentas. Não existia trilha, caminhavam por onde as árvores permitiam e sentiam faltar o ar, a respiração era difícil e o calor, tremendo.

— Como vamos encontrar alguma coisa neste lugar maldito? — Estus limpou o suor da testa. O calor sempre irritava o mago.

— O costume local diz que os mortos devem ser enterrados e uma pequena lápide de pedra deve indicar o local — Aetla olhava para todas as direções, estava tensa.

— Pelo tempo que passou desde sua morte, será quase impossível encontrar o túmulo, o bosque deve ter engolido a lápide há muito tempo.

— Bem, meu amigo Lisael, sempre devemos ter esperança — Rusc sorria enquanto passava por cima de um tronco e se esgueirava até uma pequena clareira que nenhum deles tinha percebido.

O alquimista desviava dos troncos e pulava as

pedras com uma agilidade que ainda não tinha demonstrado. Aetla reparou que Rusc mantinha um sorriso. Chegaram à pequena clareira onde o chão era coberto por uma grama amarelada, era um alívio sentir a terra firme sob os pés e não a lama. As árvores também não cresciam ali, somente uma pedra ocupava o local.

— Como conseguiu? — Aetla parecia não acreditar.

— Eu não vi, senti — Rusc retirou de seu bolso uma pequena pedra, igual a que tinha usado para encontrar o calabouço em Tatekoplan. — Imaginei que se Stenig esteve aqui, seria possível encontrar alguns traços de sua alquimia.

— Claro — murmurou Estus enquanto se ajoelhava para ver a lápide.

O pedaço de pedra estava desfigurado pelo passar do tempo, não tinha forma definida, sua coloração era um cinza claro, curiosamente nenhuma planta cobria sua superfície e, se existira alguma coisa escrita, há muito se perdera.

— Bem, aqui estamos — Lisael sentou-se na grama — e agora?

— Precisamos ver com nossos olhos — Rusc arrancou um galho de uma árvore e tentou usá-lo para cavar a terra.

O solo era duro e tudo que o alquimista conseguiu fazer foi um pequeno buraco. Olhou em volta procurando outra ferramenta. Lisael aproximou-se da lápide, olhou demoradamente para a pedra. Deu algumas leves batidas com um graveto.

— Acho que pode parar com sua procura, Rusc. Não precisamos cavar — o elfo sorriu. — Stenig esteve aqui para visitar um amigo, alguém que o fez atravessar o mundo logo depois de sair de um cativeiro longo e cruel, veio prestar sua homenagem. O gnomo confiava nesta pessoa, mesmo não estando mais entre os vivos deixou em sua posse um grande segredo. Talvez a coisa mais preciosa que ele possuía depois de o Bruxo ter lhe arrancado tudo. É difícil acreditar que Stenig chegaria aqui, violaria o túmulo de seu amigo para esconder o livro. Ele usaria outro lugar — o elfo apontou a lápide.

— Você está certo. Brilhante, Lisael brilhante.

Rusc pegou o mesmo galho que tinha tentado usar como pá e se preparou para golpear a lápide. Rapidamente Aetla segurou os braços do alquimista e o fez abaixar o pedaço de madeira.

— Você precisa compreender que antes de agir devemos pensar — a andarilha falava com alegria enquanto buscava por uma ferramenta em seu cinto. Ela retirou o galho de Rusc e o jogou longe. — Agora vamos ver o que Stenig deixou para nós.

Ela se ajoelhou junto a Lisael, levava na mão esquerda um delicado martelo de metal. A ferramenta tinha o cabo revestido com couro e incrustada na cabeça um pequeno rubi. Uma peça única.

Com delicadeza Aetla batia na lápide, tentava escutar alguma coisa, como fez no calabouço de Tatekoplan, usava os dedos para sentir a superfície da rocha. Os três admiravam a andarilha trabalhar e quase não respiravam. Piscavam os olhos ansiosos e a cada instante precisavam secar o rosto por causa do calor.

De vez em quando a andarilha também parava para secar as mãos, sentia a pele úmida e escorregadia. De repente o martelo fez o som que ela procurava. Imediatamente colocou o dedo sobre o local e conseguiu sentir um pequeno desnível na pedra, algo diferente, não era natural. Criado por mãos habilidosas.

Com a outra mão pegou uma ferramenta fina que terminava em um pequeno gancho, também com o cabo revestido de couro e um pequeno rubi. Por alguns instantes ela examinou o desnível, até encontrar uma abertura. Mais uma vez buscou por uma ferramenta, desta vez algo que lembrava um longo alfinete, mas com a ponta achatada. Lá estava mais um rubi.

Antes de começar, Aetla mudou de posição, agora estava com os dois joelhos apoiados na grama e o cotovelo esquerdo apoiado sobre a pedra. Os outros não conseguiram ver exatamente o que ela fazia, perceberam que suas mãos se moviam de forma ritmada, movimentos secos e curtos. Um fio de suor escorria pela testa da andarilha. Ela enxugou passando o rosto no braço. Não souberam o que Aetla fez para de repente ouvirem um clique, como se uma porta estivesse sendo destrancada.

Os três olharam espantados enquanto Aetla deslizava uma tampa localizada em cima da lápide. Colocou a mão no interior da pedra e puxou um livro. Tinha a capa de couro avermelhado e estava machucado em vários pontos. Ela sorriu para os três.

Rusc se adiantou e pegou o livro nas mãos. Folheou as páginas amareladas, mesmo sabendo que não encontraria nada ali. Passou os olhos pelas letras de caligrafia apressada. Eram contos, histórias que se contam para as crianças antes de dormir.

Um melrot grasnou.

— Vamos embora daqui — Estus já desviava do primeiro tronco fora da clareira — o quanto antes sairmos, meu coração ficará mais leve.

Antes de ir, Aetla colocou a tampa em seu lugar e deixou a lápide completa. Fez uma breve reverência ao morto e seguiu seus companheiros.

O caminho de volta, como sempre, pareceu mais curto. Talvez porque já sabiam dos perigos, tinham enfrentado o bosque e vencido ou porque não existia mais o mistério e o conhecimento encurtava a distância. O certo é que quando perceberam, já estavam saindo do bosque. Podiam ver estrelas no céu e o ar era mais agradável. Uma brisa os recebeu quando deixaram a última árvore para trás. Porém algo mais esperava por eles.

— Você tinha razão, Keisit — um elfo de armadura e com uma longa espada nas mãos sorria para eles — era mais fácil esperar eles voltarem do que segui-los nesta porcaria de bosque.

Keisit, um kuraq com um arco apontado para eles, sorria diante da aprovação de seu chefe.

— Bem, senhores, e senhora — ele piscou para Aetla e fez uma reverência exagerada — creio que possuem algo que não pertence a vocês. E nosso senhor pediu gentilmente que viéssemos até aqui para garantir que o referido artefato seguisse viagem até Perfain.

Além do elfo e do kuraq, estavam ao redor dos aventureiros dois anões e uma humana.

Em um piscar de olhos Aetla tinha seu arco empunhado e uma flecha preparada para disparar.

— Sei que é um defeito, mas eu sempre tenho a tola esperança de que as coisas possam ser resolvidas com as palavras — ninguém conseguiu ver quando e como ele pegou a faca, tudo que perceberam foi quando Aetla caiu no chão, contorcendo-se de dor com uma adaga cravada em sua coxa. — Talvez ainda exista uma esperança, deem o livro para mim que iremos embora e tudo não passará de um encontro tendo a lua como testemunha.

— Desgraçado!

O ataque foi como um raio de tempestade, rápido e furioso. O alquimista arremessou um frasco que explodiu no peito do elfo. O líquido viscoso se espalhou pelo corpo do guerreiro, que largou sua espada e se ajoelhou. E então vieram os gritos, como o trovão que ecoa depois do raio.

Os mercenários do Senhor de Perfain hesitaram. Aparentemente seu líder não apresentava nada que justificasse os urros e gritos de dor. Sua armadura e rosto estavam molhados, mas era só. Até que pequenas feridas começaram a se formar nas mãos e depois no rosto. Diminutos pontos vermelhos. As manchas rubras foram crescendo, cobrindo toda a pele do elfo, o ar foi tomado pelo cheiro de carne assada e finalmente compreenderam. Sua carne estava sendo dissolvida. Em alguns pontos já era possível ver o osso do crânio. Rusc avançou, chutando e socando desordenadamente o rosto e o corpo do elfo. Demonstrava uma fúria surpreendente.

Estus e Lisael não hesitaram, não importava o que acontecia ao líder dos mercenários. O importante era defender o livro e os magos atacaram. Dos dedos de Estus um raio azul cortou o ar e acertou um dos anões, que foi empurrado para trás. Lisael comandou algumas pedras que voaram do chão e golpearam o segundo anão, fazendo seu corpanzil cair desacordado.

A humana foi a primeira a se recuperar da surpresa que o ataque de Rusc causou. Tinha as mãos próximas e uma luz esverdeada começava a se formar entre seus dedos. De repente a luz se extinguiu e a humana caiu morta. Uma flecha atravessou sua garganta não lhe dando qualquer chance de reação. Mesmo caída e com muito sangue saindo de seu ferimento, Aetla atacou com a precisão com que seus companheiros estavam acostumados.

O kuraq olhou aterrorizado para eles, os olhos amarelos piscavam nervosamente. Depois viu seu líder, morto, o rosto descarnado.

— Eu, se fosse você, correria o mais rápido possível — Rusc disse com alegria.

Keisit não esperou. Saiu em disparada para o mais longe possível deles.

— Quem disse que palavras não podem resolver as coisas? — Estus discretamente olhava para o elfo morto. — Por que você esperou até hoje para usar este frasco? Ele é ótimo. Teria nos poupado um bocado de trabalho.

— Demorei toda a minha vida para conseguir fazer o conteúdo, era o único — Rusc suspirou — e talvez nunca mais consiga repeti-lo.

Aetla conteve o grito quando a adaga saiu da carne da sua coxa. O sangue de um vermelho vivo escorria por sua pele e manchava o solo, estava pálida como a lua e parecia fazer um grande esforço para manter os olhos abertos.

— Descanse — Rusc limpou o suor do rosto dela. — Logo estaremos em um local seguro — um beijo terno na testa da andarilha.

— Darinus — Aetla disse com esforço — uma vila próxima daqui. Temos de seguir... — suas palavras foram interrompidas por um gemido de dor.

— Fique tranquila — o alquimista passava a mão com ternura pela testa da andarilha — levaremos você lá. Agora descanse.

Não muito longe dali encontraram os cavalos usados pelos mercenários. Eram boas montarias e apesar de o ferimento de Aetla estar controlado, queriam chegar rapidamente à vila. Rusc carregava a andarilha em seu cavalo, quase no colo e por alguns momentos podiam ver que o braço dela passava ao redor da cintura do alquimista.

Pela primeira vez os viajantes viam ternura nos modos e, principalmente, nos olhos de sua guia. Estus e Lisael deixaram que os dois seguissem mais a frente.

— Estou cansado — o elfo tentava desviar os olhos do casal que cochichava algumas palavras — sinto falta da minha casa, de meus livros, da minha poltrona.

Estus retirou do bolso um pequeno cachimbo, era de madeira clara, estava gasto e cheio de marcas deixadas pelo uso.

— Tome — ele ofereceu o cachimbo para o elfo que aceitou. — Sabe, também tenho saudades. Queria estar em casa tomando um bom chá. É uma sensação incrível fazer as coisas que nos dão prazer, sabendo que elas vão acontecer exatamente como planejamos. Em casa temos controle, somos os senhores do futuro, ditamos tudo, até mesmo o tempo.

O mago puxou outro cachimbo de seu bolso, desta vez o que sempre usava. Pegou a bolsa de couro com o fumo e começou a preparar o fornilho.

— Aqui fora não somos nada, somos como estes animais — deu um tapinha carinhoso em seu cavalo — guiados por alguém que não compreendemos. Fazendo coisas que não temos nenhuma pista do porquê. Trocando de destino a todo tempo sem nunca poder escolher. É arriscado, não temos como saber o que nos espera. E de certa forma isso também é muito bom, não?

— Creio que sim — Lisael admirava o cachimbo em suas mãos.

— E se saímos vivos, sempre temos ótimas histórias para contar, além de boas recordações.

Os olhos de Lisael se arregalaram. Tinha encontrado uma pequena marca entalhada no cachimbo, um morcego. Aquele era o cachimbo de Stenig. Estus sorriu quando percebeu que o amigo tinha compreendido.

— Você acha que terminou? — Lisael limpou o cachimbo com a manga da camisa e experimentou.

— Ficou bem em você — Estus acendeu o seu e logo a fumaça começou a acompanhar eles. — É difícil dizer, mas parece que Krondat tinha um poder que nenhum de nós conseguiu ver.

— Como assim?

— O Senhor de Perfain não veio atrás de nós, mandou lacaios. Tecnicamente o padre manteve sua palavra, Perfain não nos atacou. Contratou alguém para fazer o trabalho — deu de ombros. — Mas sinceramente, não sei se acabou.

— De qualquer maneira, sinto falta de minha poltrona.

Os dois riram, além das histórias e recordações, eles e Rusc levavam mais uma coisa para casa, uma amizade profunda. Uma ligação que os acompanharia por toda a vida.

****

A escuridão envolvia os três amigos. À frente, a chama tremulante de uma tocha era a única coisa que jogava uma luz sobre a pedra úmida que formava o túnel. Não sabiam quão fundo era, mas tinham certeza que estavam perto das entranhas do mundo. Fazia muitos anos que os três não se encontravam, a vida tinha levado cada um por seu próprio destino, às vezes os caminhos se cruzavam, mas nunca os três ao mesmo tempo.

Por isso, quando a mensagem de Meiev chegou até eles, todos rumaram imediatamente para o laboratório do alquimista. Foram anos de estudos e pesquisas para Meiev compreender por completo e decifrar a mensagem de Stenig. A curiosidade para saber pelo que lutaram tanto esteve com eles ao longo de todos esses anos, martelando em sua mente. Mas algo escondido em seus corações também fez com que quisessem estar o mais rápido possível no laboratório de Meiev. Ansiavam por estar novamente reunidos na estrada. Com uma missão, uma jornada diante de seus pés.

Depois de ouvirem as palavras de Meiev, narrando seu trabalho, seus métodos e o que ele tinha descoberto, os três ficaram em silêncio.

Meiev confirmou que o texto de Stenig falava sobre os Oráculos. O alquimista recontava o mito, acrescentando o que suas próprias pesquisas tinham revelado e dando suas opiniões sobre o que seria verdade e o que seria apenas parte do imaginário popular. O texto de Stenig não apenas afirmava que os Oráculos existiam, como também indicava que era possível chegar até eles.

Uma nova aventura se iniciava e os três deixaram o laboratório de Meiev para o que provavelmente seria a grande viagem de suas vidas. Pois se Stenig estivesse certo, quando Estus, Lisael e Rusc voltassem para casa, a vida não seria mais um mistério. Os três saberiam o futuro, conheceriam o que o destino reservava para eles.

A abertura na parede de rocha era estreita, as sombras formadas pela tocha ao lado da entrada dançavam de um lado para o outro tornando impossível saber se no interior da sala existia movimento. Se alguém habitava aquele lugar. Não arriscavam olhar através da abertura, não diziam, mas estavam aterrorizados. Não pelo perigo, mas pela possibilidade. Desde o início nenhum deles acreditava que ao final iriam encontrar um dos Oráculos. Contudo ali estavam, a apenas alguns passos.

Hesitavam, o desejo de conhecer estava enterrado profundamente na alma de cada um deles. O conhecimento sempre foi a grande motivação, desvendar o que os outros não sabem, quebrar as barreiras invisíveis do oculto, compreender. Porém, estavam diante da possibilidade de descobrir a maior de todas as charadas, conhecer o destino. O porquê de estarem no mundo e aonde sua vida os levaria.

— Eu não vou entrar — a voz de Estus foi como um sopro e foi preciso reunir toda a coragem que existia nele para dizer aquela frase.

— O que você está dizendo? Foi para isso que lutamos, arriscamos nossas vidas. Tudo que fizemos foi para chegar a este momento.

— Não. Eu queria saber o que Stenig estava escondendo. Se os Oráculos existiam. Mas sobre o meu futuro prefiro não saber. O desconhecido é o que me move, faz com que eu abandone minha casa e enfrente a estrada, o mundo. Se de um instante para o outro eu souber tudo, qual a graça de viver? Qual o motivo?

— O conhecimento serve para criarmos, evoluirmos, é uma ferramenta não o fim. Precisamos dele para conquistar coisas maiores. Por isso lutamos, para reunir a maior quantidade possível de conhecimento e realizar grandes feitos. Coisas que vão mudar o mundo.

— Como, se nosso destino está determinado? Sabendo ou não, faremos as mesmas coisas.

Rusc ficou em silêncio diante das palavras de Estus.

— Concordo com Estus. Saber que os Oráculos existem é o suficiente para mim. Não preciso entrar.

O alquimista chegou a abrir a boca para responder alguma coisa, mas apenas abanou a cabeça negativamente. Estava desapontado com seus amigos e sabia que não adiantaria argumentar, eles não mudariam de opinião. Assim como ele. Despediu-se com uma reverência, foi até a entrada e parou.

— Obrigado, amigos, e até breve — a voz envolta em emoção.

Rusc virou-se e encarou o futuro. Com passos firmes cruzou a porta que se espremia na rocha.